U0907570

# 轻声说再见

[日] 松浦弥太郎 著
许明煌 译

CNS PUBLISHING & MEDIA
湖南文艺出版社
HUNAN LITERATURE AND ART PUBLISHING HOUSE

浦睿文化　　出品

# 序

十八岁那年，我写下生命中的第一封情书。

寄给一位名字与年纪不详，却让我一见钟情的女生。

当时，我正在美国西海岸漫无目的地旅行，住在旧金山的一家廉价旅馆里。房价一晚十六美元，更划算的是还附送早餐。

说是早餐，其实就是早上八点钟旅馆大厅会供应随意堆放在纸盒里的甜甜圈。由于旅馆同时还经营甜甜圈店，所以每天提供的口味都不同，基本上都是前一天卖剩的。大厅有二十四小时开放的自助式咖啡吧。这样的早餐组合，我还蛮享受的。一到早餐时间，住在这家旅馆的所有住客就会在大厅碰面，除了旅行者以外，这里还住着不少月租房客。

每天早上，我都会抢在早餐送来前，下楼到大厅等候大家。两位美国老人、一对四十岁左右的墨西哥伴侣、两个中国男青年、一位新加坡女生、一对从阿姆斯特丹来的女性，以及从西雅图来的女背包客等，大约有二十个人，总是一早就集合在旅馆大厅，共进简便的早餐。

早上的大厅里人声嘈杂，报纸、座位、咖啡、甜甜圈、点唱机选曲，一切都是先抢先得。如果故作优雅慢慢来，转眼就找不到座位，当然也抢不到甜甜圈。每个早上都是这么闹哄哄的。

每天在大厅即将人声鼎沸的时候，那位背包客女生总会准时地前来报到。她会拿着甜甜圈逐一跟所有人打招呼："早安。"即使对方没有回应，或是正在专心看报纸没注意到，她还是会不厌其烦地问候他们。

对不会说英文的我，她也以一贯的态度打招呼问好，我很开心地向她回道早安。这真是一件令人高兴的事呀！

她清晨的笑容实在棒极了，爽朗有礼又可爱，看起来还有几分英气。我对她简直是一见钟情。

我想要向她表达情意，决定写下有生以来的第一封情书。但我的英文技巧很笨拙，花了整整两天才写完这封信。没有英文字典的我，为了传达爱慕之意，还特意跑到书店里偷抄情歌的歌词，把学到的单词与句子全都套用进去。就这样，我呕心沥血地写了整整两天，为了心爱的人，把所有的思慕情意化作信纸上的文字。

在写信的过程中，我反复检视，虽然已使出浑身解数、绞尽脑汁，但总觉得表达的方式很不像自己，好几次把已写好的信纸揉成一团丢掉。后来，我终于觉悟，只要用心而忠实地写出感受，写得再烂也没关系，因为，那就代表自己呀。

鼓足勇气把信交出去后，当然是被“发好人卡”了。不过，第二天早上她对我说的话让我永生难忘：“这是我生平第一次收到这么棒的信，你的心意让我很高兴，我会永远珍惜这一封信的。”

现在，无论是写文章，还是撰写工作用的稿件时，只要一停下来发呆，我就会想起当年努力表达情愫的自己：不是绞尽脑汁地编排，而是用真心写下第一封情书。

现在回想起来，我撰写文章时一直都是这样的。

不论是想起你，还是想起他人，都让我想要把这情愫写下来。而这些文章，都是要寄给你或是他人的一封情书。埋首于书桌前时，我会永远保持这样的心情，写下一篇又一篇文章。

如果您能够将这本书里收录的某篇散文当作我寄给您的情书，我一定会打心底喜悦的。

松浦弥太郎

# 01 “很棒”的那个人

优雅的举止、生活及工作态度

## 02 内心的风景

深藏在心中的恋爱回忆

# 01

# “很棒”的那个人

## 优雅的举止、生活及工作态度

# “很棒”的那个人

我有一位多年好友，是位女性画家。她的年纪比我大上一轮，若依照世俗礼节来看，我尊称她为“阿姨”也不为过。但是，平常可没人这么叫她，不是因为她打扮得特别年轻，而是因为她实在是一位“很棒”的女性。

有一天我问她：“你总是神采奕奕又元气十足，是不是平常特别留意养生秘诀呢？”

刚好那时候，我看到女性杂志封面上，用斗大的字写着“让脸部返老还童的对策”。

“我已经是年过五十的老太太了，其实有很多怎么也无法回避的事实。所以最重要的，是能够接受这些事实。”她说完后，低头看着手指。

“例如，虽然化妆可以遮盖脸孔本来的样子，却隐藏不了手部跟手指的年龄。那就应该接受并承认这样的现实。”原来如此。所谓的变老，其实是无论如何也阻止不了的事，根本就没有隐瞒的必要。如此说来，我们都应该接纳逐渐老去的自己。

“无论如何逃避，都绝对无法避免的事实”——照这么说，面对逐渐衰老的自己，唯有忍耐这一种选择了。

无法承受衰老的人，会想尽办法恢复青春，用化妆品掩盖，甚至依赖补品，做很多徒劳无功的事。其实这样一来，反而会让衰老的事实变得更加醒目。

“无法逃避的事情有很多。但是，人类是很不可思议的，对于无法避免的事情，会渐渐忍受。因此，就没有逃避的必要了。事实是，越想逃避，就越容易被追上啊。”她坦率地笑着说。

大家都了解，没有任何人能够停止变老，但那只是肉体上的退化；如果是精神上的老化，可就另当别论了。

即使肉体已经老去，年龄也越来越大，但精神却能返老还童，这是每个人都能做到的吗？所谓的精神，也就是心的领域，真的能够永远保持年轻的状态吗？

有很多人，反而是随着年事渐长变得越来越年轻。这样的人，通常都拥有丰富的人生体验，曾经学习过很多事物，所以能够得到所谓“做自己”的真正自由。他们变得像孩子般天真无邪，充满学习崭新事物的好奇心。

活到老学到老——一直是我所认为的理所当然的事。为了学习，纯真的心灵是绝对不可或缺的。这么说来，质朴应该就是年轻的秘诀吧。

即使肉体退化了，只要保持心灵不老，就会双眸清澈、目光闪闪发亮。眼睛的光辉，是年纪的测量表。虽然年轻但双眼却总是笼罩着乌云的人，心也会老化得很快。这样的人对什么都抱持着怀疑的态度，听不进他人的意见，认为什么事情都是别人的错，甚至无法跟自己对话，总觉得自己无所不能，什么事情都了解。以这种方式老化的心灵，会逐渐变得顽固而不知变通。这样的人，为数还真的不少。

还有另一种判断一个人是否拥有年轻心灵的方法，就是询问他的梦想。

“你的梦想是什么？”当如此询问时，能看到那些拥有年轻心灵的人双眼放出光芒，就他们的梦想侃侃而谈。

也许你应该先试问自己：“我现在拥有梦想吗？”

另外，为了能够全然接受老去的自己，一定要每天照镜子，端详自己的容貌，这也是一项非常重要的例行工作。

虽然长出了白发，冒出了皱纹，皮肤不再紧实，身材也不再那么有型，甚至整个人都变得越来越松弛，但，那就是真实的自己，是视线绝不会回避的。我就是任谁都看得出来的四十岁的中年男子啊。

其实，只要观察眼睛是否散发光辉、闪闪发亮，眼神是否率直、坦然，就能判断心灵是否年轻——直视自己的双眼，就能看到真实的自己。贴近真实的自己，掌握自己，唯有这样，心才有可能更加年轻。

从这位画家好友的身上，我从心底体悟到这个事实。之后每跟她多碰面一次，我对这个启发的感受就强烈一分。

带给他人正向的刺激，这就是年轻心灵的力量啊。我问她："你还有什么梦想吗？"她神采奕奕地回答："梦想实在太多了，一时之间讲不完呢！我的梦想就是……"她热切地述说着梦想，双眼逐渐闪耀出少女般的光芒。

虽然任谁都有害怕变老的心态，但变老只不过是肉体退化的表征，心灵可不会那么容易就凋零。即使肉体老去，也不见得会影响到精神年龄。而且，人的衰老是无可避免的，应该正视并坦然地接受它。如此一来，反而能够让心灵更加愉悦，常葆年轻赤子之心。

唯有率直的心，才能够学习接纳更多的新体验。我们应该对所有事情保持热情，同时全心投入所关注、喜爱的事物当中。

我的这位画家好友，曾遭遇两次重大的疾病，还有两次离婚的经历。因为工作的缘故，长期以来她总是忙碌奔波于日本及其他国家之间，虽然非常辛劳，却拥有比他人年轻好几倍的心灵，真的是一位“很棒”且值得敬仰的女士。

记得有一次，她突然拍我的背，笑着对我说:“年纪变大，真的是一件非常美好的事情哦。”

## 单纯的美好生活

今年我开始晨跑，例行的路线是跑到离家七公里的公园，在公园做些伸展操后，再沿着同一条路散步回家。全程大约花费一小时。这已经成为我每天早晨的习惯。

在早晨清新的空气中跑步，真的令人心旷神怡，畅快流汗后再悠闲散步，更是一大乐事。

观察住宅区里家家户户庭院中栽植的花草，边走路边与自己进行内心的对谈，寻思各项烦恼与想法。通常只需要走个十几分钟，纠结、牵绊就解开，出现豁然开朗的爽快感，连早餐都变得特别好吃。晨跑真是一项好处多多的运动。

在散步的途中，有一张每天都会遇到的熟面孔，是一位八十岁左右的白发妇人。她每天早上都会在固定的时间，牵着一只娇小的玛尔济斯犬出来散步。

已经忘了从什么样的机缘开始，每天早上碰面时，她都

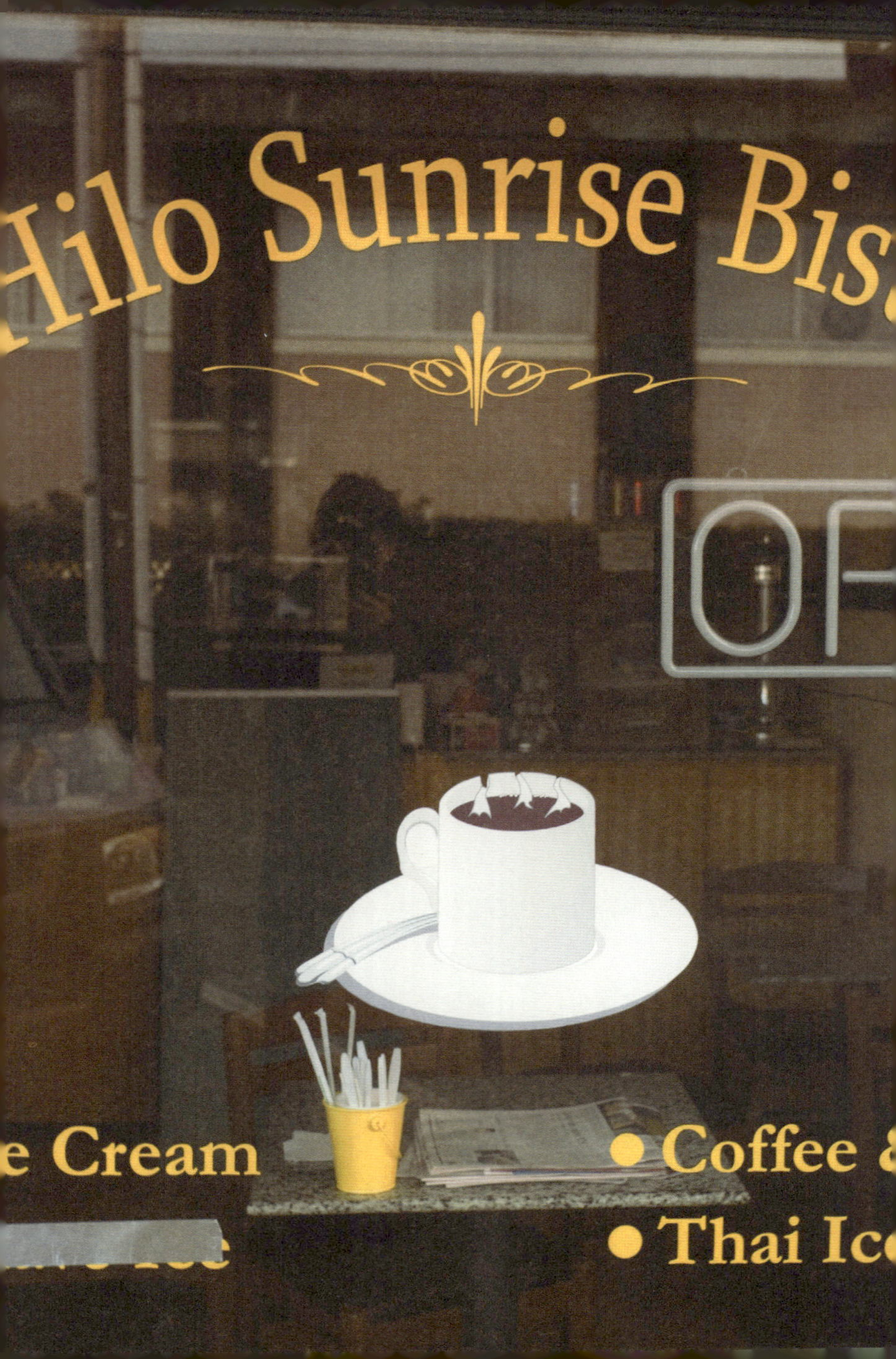

Hilo Sunrise

Cream

• Coffee

• Thai

会亲切地跟我道早安，而我也会向她回礼。

妇人总是打扮得非常高雅，以温柔亲切的笑脸迎人。她的玛尔济斯犬名叫“太郎”。

在我上下班必然经过的车站前，有一家我经常造访的面包店，里面设有咖啡座。有时候工作结束得早，我就去那里喝杯咖啡再回家。

一天，我一如既往地在店里享用咖啡，突然发现每天早上都会遇见的白发妇人就在邻座。她也注意到我，微笑着点头致意。

正当我专心地喝起咖啡时，妇人突然移动到我旁边的位子上，问道：“我可以坐在这里吗？”

我回答：“当然可以啊，请坐。”

她又说：“我们今天已经见过两次面了呢。”

“是啊。太郎呢？”我问她。

“正在看家呢。”她微笑地回答。接着，妇人从手提包里拿出一本书，安静地摊放在桌上。

“我很喜欢在这里读书呢。虽然人来人往，不过，在人多的地方阅读反而更让人感到安心。你也喜欢读书吗？”

“是啊，我很喜欢书，也很喜欢在这家店里读书。比起一个人安静地在家里阅读，我觉得身边有人时，读起书来会更有乐趣。”

听到我这么说，她兴奋地说道：“是啊，是啊，我总觉得一个人在家里读书有点寂寞呢。”

她拿起放在桌上的书，像是抚慰某种珍品般抱在胸前。

“你正在读什么？”我问她，“这就是你正在读的书吗？”

听我这么问，妇人把书递给我看。

那本书是劳拉·英格斯·怀德（Laura Ingalls Wilder）写的《草原上的小木屋》（*Little House on the Prairie*）。

“这是我从小时候读到现在、一直都很喜欢的一本书。”

那是一本看起来相当古老的文库版图书，不过，外表相当干净整洁，想必是主人非常爱惜的缘故。

我想起曾经浏览过《草原上的小木屋》这本书，不过，那已经是小学时候的事了。妇人拿起这本书，牵动了我的怀念。能够持续这么长的时间，像钟爱一个人那样珍爱一本书，真是一件非常美丽的事。

“我呢，就像书中的人物一样，一直过着风平浪静的普通生活。可是，我相当怡然自得于生活中小小的幸福、些微的喜悦及单纯的快乐。在这个不够刺激就觉得缺乏新鲜感的当今社会，或许有人会觉得这本书描述的故事有点恐怖。但是，我每次阅读《草原上的小木屋》时，都能感受到单纯生活的美好。像是到山里的父亲遇到狼群袭击，好不容易平安归来时，全家不禁喜极而泣的那一幕，是多么幸福的场景。我真的觉得这是一本很棒的书。”

就像是要介绍她最喜欢的人给我一样，妇人努力地向我推荐自己最喜欢的书：“对不起呀，总觉得你像是每天早上都会碰面的老朋友，就情不自禁地喋喋不休了。”

她再一次将书抱回胸前，向我点头致意：“唉呀，想不到已经这么晚了，太郎一定会生气的……那么，我们有机会再聊喽，下次再见！”随即起身离去。

妇人当时的背影，看起来如少女般天真可爱。

那天是我第一次与妇人谈天。我想，她跟名字叫作“太郎”的玛尔济斯犬，一直过着友好而快乐的生活吧。只是，偶尔她也会带着最喜欢的《草原上的小木屋》出门，到热闹的地方一个人安静地看书。

妇人随心所欲的生活情景，让我窥见她心灵的丰富与美好。我是非常羡慕她的。妇人其实已经馈赠了我一份小巧精

致的生活哲学礼物。

能够遇见这样一位长辈，必然会让明天或后天早上跑步的我，更觉得晨跑是一件乐事。

现在，我也正在重新阅读《草原上的小木屋》呢。

# 珍爱双手

突然不经意地看到某位女性的双手，总会让人有种怦然心动的感觉。就好像窥探到这位女性日常生活中不轻易示人的隐私，让人有点不知所措。

的确，有时候会因为看见某双手而喜欢上某位女性。大概，不经意窥视到的双手通常带有不可思议的美丽魔力吧。正是这样的美，牵引着注视者的视线。

我喜欢拥有漂亮双手的人。而我所谓的漂亮双手，指的是工作的手。那种宛如死鱼般苍白的手指，搭配着精心装饰过的美甲的双手，我可是完全不觉得美丽。它们并不讨我喜欢。

手是很诚实的，只要看一眼，就能完全了解这个人到目前为止是从事什么工作的，过着什么样的生活。有时候，甚至只要凭着一闪而过的对双手的印象，就能够判断这个人值不值得信任。

眼睛无法察觉的事物，双手总能不经意地透露出部分端倪来。

工作的双手，也许皮肤粗糙不堪，关节咔咔作响，指甲伤痕累累，甚至还会满是脏污。但是，每天仰赖这双手认真打拼的人，更应该珍爱自己的手，千万不要忽视了全心全意的手部保养。

当感到很疲累时，请好好地帮自己的双手按摩，涂上乳液，并且适度地温暖它，伸展它。还要在心里告诉自己，双手是应该珍惜的伙伴。在一天结束之际，真诚地感谢双手的付出。

我有一位女性朋友，每天必须在厨房里工作十个小时以上。因此，她的手总是粗糙不堪，不是烫伤就是刀伤，剪得很短的指甲更因为长期泡水而失去了光泽。

但是，她非常喜爱自己这双劳动的双手，每天都会多次抽空细心保养它们——对它们满怀着感恩的心情。休假时，她更会让双手彻底地放松、休息。

我每次跟她见面，总会偷窥她的双手，心里不禁发出叹息：这果真是一双非常美丽的手啊，还能感受到她对待工作

THE
COUNTRY KITCHEN

与生活的美学态度。

我最近留意到一种双手的习惯，那就是敲击计算机键盘。

厉害的盲打者，通常都会以飞快的速度敲打键盘，但对于身边想要安静工作的人来说，这可是相当大的困扰。

其实，我们不应该强求别人忍耐，而应自觉地顾及旁人的感受。为什么不温柔地、安静地打字呢？听到快速敲打键盘的声音，总是会让人怀疑：这个人该不会遇到了什么不愉快的事吧？难道不能放慢速度吗？这么猛力敲击，会把键盘弄坏吧？

另外，还有在车站检票口使用感应卡时，有人总会直接鲁莽地把卡扣到机器上去。这个动作也跟对手的使用方式有关。如果觉得对方是机器，所以即使粗暴对待也没关系，这么想可就大错特错了。

无论是在工作中还是生活中，内心的想法都会呈现在这些微小的举动上……而这些举动，常常是由手来完成的。

我很喜欢“扪心自问”这个成语，每天睡前也一定都会这么做。无论如何欺瞒周遭的人，终究无法对自己说谎，而你的手也会第一个知道你的内心。只要将手放在胸前，就能够有所感应，偶尔试着将两手交叠，感觉将会更加明显。

与其说“眼睛会说话”，我更觉得“双手会说明一切”。所以我们更应该珍爱自己的双手，宛如珍惜朋友与家人一般。

# 与自己的缺点共处

“或许，大家都以为松浦先生总是过着如大少爷般的零缺陷生活。但我心里却觉得：‘咦，真的是这样吗？’”前些日子跟一位老朋友聊天时，他突然这么问我。

我回答：“嗯，要做到我书中写的所有事情，的确相当困难。虽然这些都是我生活中需要挂心及重视的事，但相当难以达成，却也是事实，所以一定会有可以办得到以及办不到的时候。”

当他问“我很想知道有哪些事是你办不到的”时，我就有点招架不住了。

我还是努力响应他：“假如，在我的生活方式及我所关心的事物中，有被我认定为正确的，那么也一定会有相同数量的错误存在。而被大家称赞的机会每增加一倍，被责骂的机会也会多一倍。只是，这些不行与错误的部分，没有让别人看到而已。或者应该说，没有必要展示在所有人面前吧。”

“原来如此，凡事都有正反两面，有好的那一面，当然也会有不好的一面。这才是完整的人生啊。”老朋友点头肯定。

一般人都会呈现自己最好的那一面，来与他人沟通，把不好的隐藏。但事实上，凡事都是无法被轻易隐蔽的，不好的部分总是很容易就露出狐狸尾巴。即便如此，多数人还是会以撒娇、装可爱的方式把错误含混带过，无论怎样也不暴露自己的缺点，总以为这样就可以掩盖了事。

只是，我们真的了解自己的缺点吗？能够清楚地认识自己当然很好，但是否能真正而彻底地了解自己，其实是个很重要的问题。

所谓的无法了解，坦白地讲，就是人生的经验不足吧。

被别人痛骂、严重失败、承担全责、受伤、损失惨重等，就是要经历这些痛楚，才有办法认清自己的缺点，并且适当地反省而铭记在心，期许自己不再犯下相同的错误。

若不反复失败个两三次，是无法逐一纠正缺点的。简单地说，对于自己的不足之处，要有如芒刺在背般的自觉，才能帮助自己成长。

比起优点，其实人的价值更存在于缺点之中。

缺点旋涡的流动方式，以及这个旋涡如何卷动自己，是每个人最有趣的地方，也是生命力与能量的来源。所以，无论遭受到什么阻力，我们都应该在这旋涡当中，展现高超的游泳技巧。能承受压力所致的恐惧的人必然能够成功，因为他总能在旋涡中游刃有余地穿梭，如同帮自己上紧发条，不断增加自己的长处，让优点越发茁壮。

“那么，缺点可以给谁看见呢？”老朋友这般问我。

“平常，在工作或是与人见面时，我们总会表现自己最优秀的一面，直到回到家才会松懈。不过仔细想想，下班后的自己若是一个处处不行的人，会让家人瞠目结舌吧。”

“听你这样说，我大概了解了。在回到家之后，也要维持优秀的状态，随时上紧发条，激励自己不要松懈。我也应该督促自己，不可以因为离开工作岗位，就有怠惰的心态出现。”老朋友微笑着表示。

我又想到一件事。从很早以前我就开始制作“失败笔记本”，到现在已经累积了十几本。其实，我对已经成功或是最后终于完成的事情不太有兴趣，反而会将失败及需要反省的事情逐一记录下来。

失败不能含糊带过，同时也不应该被遗忘，我认为将失败记录下来是一件很有趣的事。

我将这件事告诉老朋友后，他竟然高兴地说道："原来如此，我知道了。'失败笔记本'一定是让松浦先生可以写出这么多本书的武林秘籍吧。"他接着说："那要不要将'失败笔记本'也编辑出版呢？我觉得一定要让大家阅读看看。拜托！无论如何一定要出版这本书啊。"

《松浦弥太郎的失败笔记本》，这是我绝对不可能出版的书。因为"失败笔记本"的内容，是绝对不能让任何人看到的呀！

# 传达沟通温度的手写信件

每当要在某个旅行目的地短暂停留时，我总是会先找好适合吃早餐的咖啡店或熟食摊。通常，一到达我就会立刻冲上街，搜寻哪里有好吃的早餐。

如果一直找不到合适的地方，我就会一边轻松地闲晃，一边寻找对眼的路人，鼓足勇气问："请问这附近有什么好吃的早餐吗？"

为什么即使停留一整个星期，也要每天都去同一家店报到呢？这不是吃饱没事干，而是为了结交新朋友，至少能跟店里的工作人员聊上几句。

通常从第二天开始，就会被问："你是从哪里来的啊？"

接下来的早晨，只要打声招呼："早安，今天过得还好吗？"就会被店家或是常客认定为熟识的客人。

无论是在店门口错身而过的客人，还是坐在邻座的客人，我都会面带笑容地跟他们做眼神的交流或者热情寒暄。以这种方式固定地造访某家店，就能够轻松了解街上的大小事，比起在网络上查询，要更简单有趣呢。

无论是去哪里旅行，只要愿意鼓起勇气与人攀谈，就能够打开魔法的大门。抱持着开放的心态，即使是简单的旅行，也能编织成一部内容丰富的故事书。

我在最喜欢的柏克莱（Berkley）街道上选定了一家好吃又有口碑的法式早餐店。在早餐时段，多数客人都是独自前来用餐的，因此，两人座位通常都只有一边有人坐着，空出来的桌面就散放着报纸、杂志或书本，有些人还会摆上笔记本电脑。大家愉快地享用淋上厚厚枫糖浆的奶油卷及法国吐司，各自享受早晨的愉悦时光。

这家店非常重视这些客人，从来不会说："因为现在客人太多，可能要麻烦您尽快结束用餐。"

他们会避免打扰用餐的人，让客人随意做自己的事。正因为如此，反而吸引人们的目光，更加注意这家早餐店，有些客人甚至会为店家考虑："现在客人很多，我们还是早点回去，把位子让出来吧。"

凡事都能以笑容解决的氛围，总是让人由衷地感受到晨间的愉悦心情。

我每天早上必定会在八点左右前往这家店，点好鲔鱼蛋卷、可颂及香料沙拉。每次都指定同样的食物，是让别人记住自己的秘诀之一。

到了第四天，果然就有人跟我说："早安，跟昨天一样吗？"听到这句话就令人安心。

走进店里——预备好笑容，挥手招来服务生——坐着等待——准时送来早餐，在经过一整个星期的仪式后，旅行的故事其实已经展开了。

店里有许多每天早上都会遇见的熟面孔，其中有一位几乎每天都跟我在同一时间前来，固定点松饼早餐，那是一位有点年纪的女性。她从第二天开始就跟我打招呼，她叫伊丽莎白。我注意到她总是一边吃着松饼一边振笔疾书。

有天早上我问她："看你每天早上总是这么专心动笔，到底在写些什么呢？"

伊丽莎白小声地回答："写信。"

接着她又笑着说："我每天早上都要写信给朋友，因为我家里没有电话。"

绝对不是因为没钱，只是要贯彻自己的生活理念，特意不装电话；每天都以写信的方式与好朋友们沟通、联系——我被她这种独特的情意深深感动。

我接着问她："那我该怎么做，才能收到你的信呢？"

伊丽莎白回答："很简单，你只要写信给我就好了。就跟打电话一样，你说'喂'的时候，我也会说'喂'啊。"

"我的地址在这里。"她递给我一张贴着名字跟地址的小扑克牌。

"你如果写信给我的话，请记得要在你名字的旁边附注一下这张牌的数字。你看，这张牌是红心七。这样的话，我就能够确认你是我的朋友。"

伊丽莎白说完后，跟店员，还有身旁的熟人们打招呼说"祝大家今天愉快"，然后起身离开。

在预定返回日本的那天早上，我又遇见了伊丽莎白。我告诉她今天要离开的消息，她对我说："可别弄丢了我的扑克牌哦。"

与她握手道别时，我能够清楚地感受到她手掌的温度。

回到日本几天后，我写信给伊丽莎白，没有重点地闲话家常，跟她讲述了旅行的感想。当然，我也没有忘记在名字旁边加上红心七的记号。

过了两个星期，我收到伊丽莎白的回信。她用三大张满满都是蓝色墨水小字的信纸详细回复我，说她还记得我，也很喜欢我当时穿着的那件蓝色衬衫，同时报告了那条街上的种种近况。在信纸的折缝中，我还发现了她每天早上都要吃的松饼屑，不禁发出会心的微笑。

伊丽莎白每天早上在早餐店享用松饼，同时振笔疾书的情景如在眼前，让我的胸口瞬间充满愉悦的感动。无论是今天、明天还是后天，伊丽莎白都会在每天早上写信给朋友们，也会收到许多朋友的来信。

这种微小而温暖的梦幻般的生活，其实存在于世界的每个角落。

旅行的时候，不应该总是匆匆忙忙，如果能够敞开心扉、鼓足勇气，一定会遇见很棒的人。

昨天，我又收到了伊丽莎白的来信。前几天，她欢度了七十岁的生日，我为她寄出了一张生日卡片。

# 打招呼高手

每天早上同一时间，有五个人会聚集在公交车站牌前。虽然每天早晨都碰面，但五人之间却从来没有寒暄或打招呼，在等待巴士的四五分钟里，也不曾交谈。

会在同一站等车，想必都是住在附近的邻居，却不知道彼此的姓名跟住所。

虽然这么说，但在搭公交车时，我总是会在心里默默点名——今天全员到齐了，或是今天有人缺席。

虽然不见得每个人都会在意，但有时候我还是不禁想，若现在身处美国，大家必定会多少交流一下，至少也会说“早安”或是“您好”之类的问候语。即使是在日本，我想，住在东京以外地方的人，也会彼此寒暄致意吧。

某个晴朗的早晨，我走到站牌后，看见又是相同的“五人组”在等待公交车。这时，有一位没见过面的女性小跑着过来排队。她约莫三十岁出头，娃娃头刘海整齐地呈一条直线，后颈发线也往上推，很像是卡通片《海螺小姐》[1]里矶野裙带菜小妹妹的发型。

“早安，我叫田中，前几天刚搬到附近，还请大家多多指教。”

她突然向公交车站牌前的所有人招呼致意，因为害羞而微红的双颊上挂着浅浅的微笑。

“初次见面，我叫松浦，住在前面那间绿色屋顶的房子里，请多多指教。”我紧跟着指着自己家回答。

好像是等了好久终于有机会自我介绍，我也觉得自己急切的反应有点好笑。想必我的内心深处，一直期待有机会向在公交车站相遇的人介绍自己吧。

我的举动引发了有趣的现象，接下来，所有人相继自我介绍。

有一个女孩子害羞地说：“虽然每天早上都会遇到，但也可以说是初次见……”这样说的确也是没错。也因为这个

1 《海螺小姐》，日本女性漫画家长谷川町子于一九四六年发表的四格漫画，被多次改编成不同的衍生作品，内容以女主角海螺经历的各种生活趣事为主。根据它改编的卡通片被吉尼斯世界纪录认证为“播放时间最长的电视动画片”。——译者注

意想不到的机缘，大家都知道了彼此的名字。之前从来不交谈的景象，现在回想起来真的有点不可思议呢。

现场的气氛顿时变得非常热络，这天也刚好全员到齐，实在是太幸运了。

第二天早上我到公交车站牌时，总共有三个人排队，第一次见面的那位女生也在场。

“喂，裙带菜妹妹也来了喔。”我还擅自给人家取了外号。

三个人快乐地交谈着，彼此热络地寒暄。竟然在一天的时间内就发生了如此重大的改变，真是令人惊讶啊！这完全是刚搬到这里来的裙带菜妹妹的功劳。

某天早上，公交车站只有我跟裙带菜妹妹，我对她说：“托田中小姐的福，公交车站的‘老朋友们’才能彼此认识，真是太好了。以前虽然大家每天早上都会碰面，却从来都没有说过话呢。”

她回答：“原来是这样啊。我在乡下长大，所以跟别人初次见面时完全不说话会觉得很尴尬，也因为这样，有时候别人会嫌我话很多。但是，能够被松浦先生这样称赞，真的觉得很高兴，太感谢你了。”

裙带菜妹妹的直线刘海非常整齐，跟我说话时纹丝不动。

公交车十分钟后才到站，其间我们一直在交谈，上车时她对我说：“下次再聊。”

两人上了公交车后，又各自找回属于自己的空间。

她这项率直的举动，让我对她的举止印象深刻。

又有一次，在回家的路上，我在车站遇到她。她跟一位看起来很像是她男朋友的人站在路边快乐地交谈。他是个外国人。他们谈话的内容我听得不是很清楚，但从口音判断，她的英文相当地道。

经过两人身旁时，我向她点头致意，她马上注意到并跟我打招呼：“晚上好。”

接着她向男朋友介绍说：“这位是住在附近的松浦先生。”

她男友也伸出手跟我握手，笑嘻嘻地用英文向我问好：“初次见面，请多指教。”

裙带菜妹妹善于引荐他人的聪敏实在让我深感敬佩，她真的是一位不受拘束的可爱女性啊！

人与人交流，是为了保障彼此的安全。为了让别人知道自己不会带来伤害，才需要向对方介绍自己，同时可以借此认识对方。经常打招呼，彼此互相了解，才能带来安心的感觉。

老人家所教导的“打招呼是保护自己的盔甲”说的就是这个意思吧。

想让自己安心，就应该主动向别人问候致意；想要让别人接受自己，首先要记得与人寒暄答礼。

打招呼是对他人的关怀，要传达这份关切，就应该用言语表达。而关怀是由感谢产生，感谢则来自尊重，因此，最重要的就是，任何时刻都不要忘记尊重他人。

托裙带菜妹妹的福，让我再度想起这件最重要的事情。

现在，每天早上，公交车站牌前的六人到齐后，大家总是以由衷的愉悦心情彼此寒暄问候。真的是非常感谢，这全都是裙带菜妹妹的功劳。

## 显露于工作的人性

“仔细想想，其实漂亮跟好看并不是那么重要。对我来说，能把工作做好，才是最重要的事。”

在某个休息日，我询问一位总是忙于工作的女性朋友对于工作的种种想法，她是这么回答我的。

她在餐厅工作，同时怀抱着将来有一天能够自己开店的梦想。在以男性为主的工作场所，她每天都很努力，一天劳动的时间超过十个小时，经常每周只休息一天。我十分了解她的工作状况，所以一直很想知道她内心深处对工作的看法。但是，当听到这种连男性都会自叹弗如的回答时，我感到非常惊讶。

我问她如何才能够把工作摆在第一位。

“首先，虽然工作很辛苦，但无论如何都要想办法苦中作乐。我的方法是把工作想象成音乐，一整天的工作就像是一首旋律美妙的乐曲，甚至连节奏的类型我也都考虑到了。用这种方式，自然就能顺利工作。即使很难将我的工作美化成如同巴勃罗·卡萨尔斯（Pablo Casals）的巴哈乐曲，但我还是很努力地比拟、想象。若一味地把自己的工作拿来跟隔壁同事的作比较，完全无济于事。佛教中有关于父母亲关怀子女的训示，在日语中称作‘老心’。‘老心’，也能够用在工作中，我觉得在烹煮料理、处理食材及器皿时，也应该怀抱着父母养育子女时的温柔情感。在工作场所，我总是会提醒周遭的人不要忘记这个原则。”

她就这样认真又略带羞赧地回答我。

人的性格一定会显现在工作当中，这是无论如何都无法避免的，越是勇敢地接受工作的考验，越能激发出人性。所以我认为把工作做好，除了需要学习技术以外，更要努力磨炼自己的心志。

说起来，是父亲教导我工作不能缺乏人性的道理。一旦缺乏人性，即使在其他部分再怎么努力，也无法弥补不足。

他还教导我不紧张的工作方式、工作时应该注意的沟通方法、不失礼的进退技巧、如何保持适度的紧张感、以正确的用字遣词与人对谈，以及如何保持合宜的举止礼仪。

父亲认为当时年轻的我，对这些应对进退的礼节还不是很有自信，他说，如果尚无法自信地处理人际沟通，至少要能先注重仪容修饰。而仪容整洁最重要的一环，莫过于从鞋子注意起。

父亲所教导我的话，这位女性朋友都具体实践了。

“所谓工作，就是每天不断地试炼，对于心思或技术，都连续不断地磨炼。我觉得不管是陷入冲突、失败还是批评，只要放弃面对每日的挑战，就算是半途而废，自我发展也会因而终止。虽然持续工作却停止成长，应该是非常不幸的一件事吧。所以我认为，思考每天会碰到的种种困难，其实也是工作的本职之一。如果没有办法认真思考的话——”讲到这里她突然停了下来。

过了一会儿，我接着她的话说：“不认真思考也等于放弃，是这个意思吗？”

“对，无论发生什么事情都不能半途而废，是所有工作的基本要求，不这样做的话，任何工作都无法顺利展开。”

“嗯，原来如此。”

她微笑着。我说话时注意到她的手指甲，因为工作长期泡在水里而伤痕累累，皮肤更是粗糙不堪，可以想见她平日工作的辛苦严酷。

“今天真是平静又美好的休息日呀……”

将身体陷入咖啡店的沙发里，她发出“呵——”的舒服长叹，并伸了懒腰。我兴味盎然地笑着注视她的一举一动。

与她的一席对话，让我觉得所谓“工作”这件事，就是人的生活方式、思考方法及人生观。

最后我又问她：“你觉得做好工作的秘诀是什么？”

她淘气地吐着舌头回答：“就是不但要保持热情，同时也要认真休息啊。把健康管理好，也是工作的一部分喔。”

听到她这么说，我想，明天也要更加认真努力。

眺望窗外景色，今天的夕阳果然比平常更加美丽呢。

# 喜欢斯坦贝克短篇小说《早餐》的理由

记得我在快二十岁的时候，在开高健老师的散文中认识了一九六二年诺贝尔文学奖得主约翰·斯坦贝克（John Steinbeck）的短篇小说《早餐》（*The Breakfast*）。这是我第一次感受到书中情景清晰地浮现于脑海的喜悦。

十八岁时我到美国旅行，就是为了寻找斯坦贝克在《早餐》一书中描述的光景。我满怀着憧憬前往这座迷人的城市，漫无目的地走在旧金山街头。

拂晓，在帐篷边，火炉旁，怀抱着婴儿的年轻少妇正在娴熟地煎制培根肉——这段描述至今深深地刻画在我的脑海中。

将头发自然盘到脑后的少妇、迎照着朝阳的脸庞、煎烤得嗞嗞作响的培根、蘸满肉汁的烤面包，以及观看着这一切的男主角，这些对我来说，代表着美国的形象。

从到达美国的第一天起，我就一直努力克服英语不流利的障碍。在某个晴朗的早晨，我站在旧金山联合广场的角落，随机地向来往的行人询问邮局在哪里。有一位穿着白色背心、将金色秀发扎成马尾的二十岁左右的女生朝我走来，直觉告诉我她就是我应该询问的下一个对象。她走路的样子，仿佛在云端漫步那般，梦幻而美丽。

“请问，邮局在哪里？”

我询问她邮局的位置时，不经意地瞥见她那如天空般透蓝的双眼，瞬间陷入一阵意乱情迷之中。

女生回答说：“没问题。”随即蹲在地上，从牛仔裤后口袋掏出一把小刀，利落地打开刀刃，毫不做作地用刀子代替笔，在柏油路上画起线条来。刀片摩擦柏油路面，发出尖锐的声响，简单几条线就构成一幅漂亮的地图。

看到这幅景象，我惊讶到喘不过气来，心想美国女生都是如此帅气吗?

“我们在这里，过三条街后往右转，再往前走一段路，左边就是邮局。”她用刀尖指着柏油路上的地图，亲切地指导我该怎么过去。

那时候我随即联想到斯坦贝克的《早餐》里，在朝霞中专心料理早餐的女性脸孔，那样美丽。现在，它与我身旁这位用刀子在柏油路上描绘地图的女生的脸庞，如出一辙。

她问我："了解了吗？"

被靛蓝色美丽眼眸盯着看的我，不假思索地问她："你的名字是？"

她听了之后噗哧笑了出来。

"所以，可以请教你的名字是？"

女生还是不肯回答。

"祝你今天愉快！"她站起身来，快步地离去。

不过是五分钟的交谈，却让我的胸膛承受了经历巨大冲击般的感动。原本感到孤独并对美国有点失望的我，突然觉得能来这里也很不错，心中冒出了希望的新芽。感觉遥远的美国，似乎与我越来越亲近了。

为了能再次见到那位女生，第二天早上的同一时间，我依旧在街角等候，但很可惜，无缘再与她相会。

直到现在，我还是很喜欢斯坦贝克的短篇小说《早餐》。阅读的时候，心中总期望有朝一日能再与旧金山的那位帅气女生相遇。

# 表达自己的感想

我很喜欢送别人东西，简直可以被归类为“礼物狂人”。

说成“送礼”，听起来有点小题大作的感觉；其实我并不会特地买东西来送人，只是很喜欢将日常生活中偶然寻获、引起我注意，或是觉得好吃的东西分享给朋友而已。

如果是转送的话，大概就是吃的东西太多，或是别人送给我很多礼物。这时候我会觉得应该分享给其他人，大都会转赠给身旁的好友们。

听起来，我好像是个很大方的人吧。

其实，我只是很喜欢与他人分享而已，总觉得不这么做的话，好像会被惩罚，可以说是与生俱来的性格吧。

与其说我不习惯于一个人独乐，倒不如说我老是想着还有谁会感兴趣。

每天，我总是会突然想到，有谁经常收到我送的礼物，有谁还没有收过。不是我区别对待，只是想到要将东西分享给他人时，总会凭直觉选择在脑海中浮现的面孔。

谁的脸庞在我脑海中最常浮现？当然就是我的父母了。

因为工作的关系，我可以比一般人享用到更多的美食，但食物越是美味，就越容易想起父母——当时有一种很希望他们也能享用，同时愧疚于自己正在独享美食的复杂心情。

不过，由于父母亲本来就是我特别重视的人，因此，不太适合用来举例。

除了他们以外，那些会在我脑海中浮现面容的人，简单地说，就是能够愉快地回应我——并不是指接受礼物时的反应——的人们。在收到礼物时以笑容答谢并亲切致意的人很多，但这只是普通的响应，没有办法给人留下深刻的印象。

令人记忆犹新的，是第二天还会报以笑容并强调“昨天的点心真是太好吃了”的那些人。

简单地说，他们能够非常有情感地响应，并表达收到礼物感受——不只是寒暄道谢而已，而是忠实地表达自己的感想。

善于表达感想的人，一定是无往不利的。我从年轻时就很会表达感觉与想法。不止于此，懂得在适当的时机传递出自己的感想更重要。无论是礼物还是其他东西，只要对方问“觉得如何”时，都要能够以“对不起，可以给我五分钟吗”的态度，花点时间将心底的感受传达给对方。如此一来，不但能够让对方心情愉悦，同时，对方一定会想要再馈赠你礼物。

这样的态度不是为了算计人际中的利害关系。当收了别人的礼物或其他东西时，不应该只是答谢而已，而应在事后，以言语明确地表达感想。

尤其是在分享美食的时候，很多人常常不会响应到底好不好吃，总觉得这样做有点矫情。

前几天我分享了很多东西给同事，虽然他们都说了谢谢，却没有任何一个人能够清楚地表达出自己的感想。真是令人遗憾，感觉真孤单啊。

所以，那些能够说出自己愉快感受的人，会让人想要分享更多事物给他。

“人类是单纯的生物，会对动听的言语感到陶醉与喜悦。记住这一点，就能带给自己很大的帮助。”母亲是如此教导我的。

虽然我们可以借由书信，用文字表达自己的喜悦，但对于感想的实时响应，一样是重要的表达方式。

提到写信这件事，我想起前几天听到的一则趣事。

作家桐岛洋子小姐很喜欢写信，年轻时经常会将日常生活中的琐事写在明信片上寄给亲朋好友。因为是明信片，所以寄到家里时，亲友的家人也会看到内容。

有一位经常收到明信片的朋友是作家永井龙男先生的女儿。在某个机缘下，永井先生看到了明信片，觉得桐岛小姐很会写文章，内容既生动又有趣。日后明信片寄到时，他都会拜托女儿念给他听。

不久之后，桐岛小姐开始谋职。有一天她在寄给朋友的明信片中提到当时的烦恼："好想去出版社上班，但实在找不到门路啊。"

读到这张明信片的永井先生决定把这么会写文章的人介绍给文艺春秋的社长池岛信平先生。这就是桐岛小姐找到工作的机缘。

桐岛洋子小姐的信件总是非常有礼貌又充满幽默感，能将喜悦带给收信人。入社之后，她就负责回复每日读者来函的工作，几年后，终于以作家的身份出道。

当听到她的名字时，就有读者询问："是那位总是亲切又仔细地回复信件的文艺春秋的桐岛小姐吗？"

向别人传达心意的方法有很多种，但最令人喜悦的，就是面对面的话语，其次是手写书信。

桐岛洋子小姐告诉我："凡事都应该从亲笔写信开始，所有事都要以书信来完成，这样的礼节规矩是最为重要的。"

# 魔法的咒语

像离家出走般地离开日本，是第一次去美国的时候。当时在美国完全没有可以依靠的人，甚至连英文都不太会讲。但由于乐天的个性，我根本不在乎。

我的缺点就是太过乐观，因此，经常会贸然做决定。虽然有时候乐观可算是长处，不过，加上年轻时的莽莽撞撞，经常给自己带来不必要的困扰。现在回想起来，真是替自己捏把冷汗。

在美国记住的第一句话是“Please”。之前我连句打招呼的英语都没学过，更不知道该怎么跟美国人沟通。而且，跟美国人交谈时，最重要的是认真地注视对方的眼睛。不过，对于身为日本人的我来说，这可是怎么也搞不定的难事啊。

有一天，我走进旧金山某个街角的小食品店，打算买个手指三明治来吃。正当我犹豫不决地扫视菜单和柜台上的食材时，店里的男生好几次盯着我，传送出“想吃些什么？”的信息。

我有点别扭地挥手表示“还没决定，所以请等一下”，继续为要如何正确地点想吃的东西伤脑筋。

这时候，有一位大约五岁大的小男生跟着妈妈进入了店里。这对母子似乎也是想买三明治，所以跟店里的男生打过招呼后就讨论起三明治应该怎么组合。

这时候，小男生突然大声说：“我要鲔鱼三明治！”

妈妈立刻对小男生说：“不可以这样喔，你忘了魔法的咒语吗？”

小男生一副难为情的样子，接下来小声地说道：“请。”

“这样才对，拜托别人的时候，一定要记得加上这句魔法的咒语，愿望才会实现喔。”妈妈轻轻拍了拍小男生的头。

听到她们的对话，我恍然大悟，原来“请”就是魔法的咒语啊，深深为之感动。小男生也因为正确地说出魔法咒语而显得扬扬得意。

这对母子离开后，我也模仿小男生的表达跟店员说：“请给我鲔鱼三明治。”

只见店员微笑地跟我使了个“我知道了”的眼色，随即跟我说：“久等了。”然后递给我一个看起来非常好吃的鲔鱼三明治。

“请！”原来真的是魔法的咒语啊。

“请”，这个魔法咒语很不可思议，竟然让我开始觉得开口说英文并不是那么困难，也似乎有点了解应该如何跟美国人沟通了。

“请”这个字，大概等同于日文的“拜托”，是可以随时用来表达对别人的尊敬，同时传达谢意的用语。

现在即使身处日本，无论是在生活还是工作中，只要是有与人接触的机会，我都会扪心自问，应该说出哪一句魔法的咒语？

这世界上应该还有很多其他或是新诞生的魔法咒语。我还想学习更多的咒语，如果能够把所有的魔法咒语都集中成一本书，让大家都共同学习，我想，那应该会是一件很棒的事吧！

# 梦想，梦享

西班牙属地梅诺卡岛（Menorca），十八世纪时，美乃滋诞生于此。很久很久以前，梅诺卡岛就开始举办美乃滋大赛，参赛者不只有岛上的太太、小姐们，也有来自西班牙其他地方的挑战者。

有一位连续两年获胜的太太被问到成功的秘诀时表示："蛋的温度要跟室温相同，还有就是从开始一直到最后，搅拌的方向跟力道都要一致。"

出生于梅诺卡岛，从年轻时就开始制作美乃滋，直至今日身为人妇的她，语重心长地表示：理所当然的事当然要用理所当然的方法来完成。

回想起我十几岁时在一篇美乃滋广告上看到这则故事，于是写下这篇文章。其实我还蛮佩服自己的，直到现在还能记得故事的详细内容，或许记忆稍有偏差，但当时读到那则故事时难以言喻的感动心情，直到今日仍能感受到。

最令我讶异的是，原来优胜者的秘诀竟然如此简单。

广告上的照片里，这位获胜的太太站在窗边，光线衬托出非常美丽的侧影。虽然背景是柔焦状态，但还是能够让人感受到梅诺卡岛的微风与气息。太太温柔又极富生命力的双眸，充满令人感动到想哭的美丽。

我实在很想一尝完全没有交通标志的梅诺卡岛上的梦幻美乃滋。但是梅诺卡岛究竟在什么地方呢？我只能持续怀抱着这个梦想，期待它终有一天能够实现。

每当想起这个梦想时，我的眼前就会浮现那位太太坚定迷人的眼神。

现在，每当有人问“你最想去的地方是哪里”“最近想去哪里旅行”的时候，我脑海中第一个浮现的就是梅诺卡岛。

但是年轻的时候，我从来不曾具体地说出这个梦想，大概只会回答是“埃及”——明明就不是最想去的地方，这样应该算是说谎吧！所以，梦想永远都是秘密。

或许，我也有着不知从何处来的迷信，认为把梦想告诉别人的话，将永远没有实现梦想的那一天。因此，即使我有许多的梦想，也绝对不会轻易透露，只会自己默默地朝着目

UKULELE
Hilo Guitars & Ukuleles
Koji's

标前进。

有一天，我跟一同工作的女性朋友聊到“说出梦想”这个话题，当时我很帅气地表态：“梦想是需要保密的，不能轻易就说出来。”

那一年我刚过三十岁生日，当时有好多的梦想，我把每个梦想都详细地记录在笔记本上。每天无所事事地浏览笔记本上的秘密，是我最享受的乐事，总觉得应该要时常确认写下来的梦想才能安心——说明自己没有遗忘。

“梦想，告诉越多人越好，你真的只想自己一个人实现梦想吗？这样的话，就只能暗自独享梦想实现时的喜悦，这样真的能够感到幸福吗？”

被她这样一说，我突然觉得自己有些偏执，当下好像被人用木棒从后脑勺敲下去一般，整个人恍然大悟。我完全无法反驳这位女性朋友，只能回答“嗯”，草草带过。

“即使觉得自己做傻事也没关系，无论如何都应该把梦想分享给更多的人，也许其中就有能够支持或是帮助你的人。如果只是自己一个人做梦，岂不是太孤单了？要持续述说梦想，才能永不放弃。如果只是将梦想放在心里，那就真的只是做梦而已了；但跟越多人陈述，就越有可能使梦想成真，并且得到他人的协助。日本有句谚语是‘将梦想告诉一百人，梦想就会实现’，我真的从心底相信这句话。”

这位女性朋友微笑着，她看着我的眼神似乎在说：“没问题，因为你的梦想一定会实现。”我终于能够沉静地摆脱梦想纠缠所带来的无力、不安与绝望。她当时的眼神，似乎重现了那位太太双眸的光芒——她曾两度获得梅诺卡岛美乃滋大赛冠军。

前往美乃滋发源地——西班牙的领土梅诺卡岛，品尝岛上最美味的美乃滋，是我最大的梦想。

至今我仍然相信“要与更多人分享梦想，要与更多人交流喜悦”，唯有这样才能真正地将梦想实现。

# 与信息保持距离的智慧

我有一位老朋友，是一位年轻的小姐，在公司从事企划工作，我们每个月都会固定地见一次面。和不同行业的人士见面聊天，总是非常期待得到新的刺激，同时还能学到很多新事物。

虽说她任职于IT界，不过，并非在数字媒体领域，而是做以沟通为主的工作，本质上比较接近传统的手工业，所以还算是身处有人情味的职场。

我对她很有好感，是因为她为人正直，对于不了解的事情一定会诚实地回答“不知道”。相对地，她对于自己所了解的领域拥有非常丰富的知识，能提供真实且准确的信息。

现在的社会，只要使用手机或电脑，就能在网络上查询到想知道的事情，是个只要花一点时间，就能无所不知的信息化社会。

在这个随时随地就能了解一切的社会中，她却尽可能地不使用手机上网，在家也不常打开电脑。因为她坚持自己与信息之间，保持适当且令人舒服的距离。

在某种程度上，我觉得这是现代人必须领会的智慧。如果不这么做的话，人们就会无意识地二十四小时地、全方位且无条件地接收各种信息，原本用来储存和理解信息的脑容量就会被填满，到最后，身心也会被损坏。

一定要领会的是，那种快速地、轻易就能到手的信息，其中优质的内容通常少之又少，更会为自己带来压力。如果希望阻挡这些泛滥的信息，只吸收所需要的有用的内容，就必须独立思考。

我询问她是怎么做的，以及怎样可以办到，她是这么回答的："首先，要选定信息来源，可以是特定的人或机构。"

再询问她为什么，她接着说："现在的企业、团体或特定的媒体，常常会因为五花八门的理由，而无法提供准确的信息及事实的真相。例如，虽然说明了组成食物香气与味道的材料，却不愿真实描述咀嚼的口感、味觉、消化容易度、营养及有害的成分。"

一般情况下，个人更有办法获取优质的信息，且更容易站在客观的立场上，所以个人信息源更值得信赖。我们应该尽量通过个人来取得信息。

她又说："值得信赖的信息来源，只要有五个人就足够了。"

她也表示，无论是直接与个人对谈，浏览某些特定的博客，还是聆听特定的电台节目，都是获取信息的不错选择。

最可怕的做法，就是一味地将有很多广告赞助的新闻或电视节目作为信息来源，这样将无论如何也无法了解事实的全貌。

不过要注意的是，也有很多个人信息来源的背后隐藏着赞助商，尤其是很多大学教授、科学家及研究人员。网络新闻虽然传播速度很快，但其信息的质量比报纸及电视的好不了多少。

然而，要如何找到值得信赖的五个人，把他们当作信息来源呢？

她是这么回答的："关于这一点，我认为将来所有人都能拥有必要的信息搜集能力，手机跟电脑都是很方便的工具，但即使花大钱也不见得买得到的优质信息，还是需要耗费心力才能取得。简单地说，由于值得信赖的‘个人’不太容易找到，所以我觉得，能够有勇气对自己不了解的事情直接说出‘我不知道’的，就是值得仰赖的人。有些人则自认为什么都知道，我反而认为他们才是最无知的。”从她口中听到这番话，真的让我非常震撼，在我认识的人当中，她是唯一有勇气说出“我不知道”的人。

她找到至少五个个人信息源后，就将想知道的事情标记好，再根据需求自行深入地搜索更多的信息。以“闻、望、问”的方式进行发掘是基本的功夫。

此外，信息来源每年都要更新一次，她微笑着说：“虽然需要花时间、金钱，耗费体力，但若不这么做的话，就完全没有接触到信息的机会了。”

“你一定很惊讶，虽然我在 IT 界工作，但‘信息之窗’却是这么狭隘。我觉得这就是世界的常态，理由是很难说清楚的。”

搭乘地铁或公交车时，总是可以看到几乎所有人都正在聚精会神地盯着手机，我真的很想阻止大家，不要再用这种方式搜集信息、进行沟通了。

我还想透露给大家的是，她现在也是我最重要的五人信息来源之一呢。

# 金钱的使用方法

“假如是对价钱感到困惑的话，无论如何也要将想要的东西买下来；如果顾虑的是价格以外的问题，就绝对不要买。”某日，在跟一位熟识的女性朋友聊购物的话题时，我们俩不约而同地表达了同样的看法。

这么说很容易被人指责在鼓动浪费。但举例来说，发现想要买的东西时，如果因为价钱高而放弃，那么，事后一定会后悔；又或者虽然忍住不冲动购物，但之后却发觉自己真的很想要，只好再重新寻找，这个过程是非常折磨人的。

相遇时就应该买下来，否则，之后可能就没有重逢的机会了。这么说也许太过夸张，但我觉得如果不是为了满足物质的欲望，而是真心想要某项物品的话，即使借钱来买也没关系，因为这东西一定能带给自己超越价钱的价值。

“不过，会让我想要跟别人借钱来买东西的状况，其实是不常有的。”对女性友人的这番话，我深表赞同。

浪费，消费，投资，是截然不同的事情。我们经常盘算着某一次的花钱算是浪费、消费还是投资。即使只是随便买个东西，都要将这些因素考虑进去，要到真的想通了以后才肯花钱。

在我的想法里，购买生活必需品的行为叫作“消费”，只是为了满足物欲的不必要支出就是“浪费”，而为了产生利益投入资金则是“投资”。平衡这三项支出是非常重要的。

如果是偏向浪费的话，就要修正自己的身心状态；如果是偏向消费的话，就要检查自己的生活方式；如果是偏向投资，就要注意财务平衡，避免完全不流动的投资。

金钱使用的优先次序，首先是消费，其次是投资，最后才是浪费。一定限度内的浪费是生活的润滑剂，也是不可或缺的。

但最困难的，就是弄清楚到底是在消费还是在浪费。

购买有益于身体的食材，是对自已的投资；平常给车子加油，算是消费。投资不止于金融理财，英文会话等学习也算是一种投资。所以，运用金钱时，请好好思考这算是消费还是投资，稍微注意一下是否已经有浪费的倾向和行为产生。

回到一开始讨论的话题。购买眼前很想要的东西，到底算是消费、投资还是浪费?

我这位女性友人的本意是:“如果是投资的话，就无论如何也要买下来。如果这项物品真的能够带来很大的帮助，提供超越价钱的回馈，那就切勿放过机会，务必拥有它。”

最后我又问:“想要减少金钱的损失，是否有规则可循? ”

她回答说:“是有诀窍的。就是在要花钱时扪心自问:‘这样的使用方法，能够为金钱带来快乐吗? ’”

假设自己就是金钱，若被这样使用是会感到快乐还是悲伤呢? 假如觉得可以让金钱感到愉快，那么，这次的购物就是正确的行为。

“对于价格感到犹豫，却在思考后认为这次的消费是可以让金钱感到快乐的话，那无论如何都要将它买下来。假如是烦恼价格以外的事，这次的花钱方式可能就会让金钱感到悲哀，就绝对不要买。”她的补充说明，让我更容易理解那个诀窍。

其他事情也是相同道理吧。能为自己带来喜悦的，必定能够得到感谢；如果会令人感到悲伤，自己也将感同身受。

其实，使用金钱的方法与人际交往是非常相似的。

## 赞美能强化人际关系

十几岁时赴美游历的机缘，让我养成了自然地赞美别人的习惯，这是旅行中的种种经历培养的。

那时候的我不会说英语，也不太懂得如何与人寒暄聊天，当时能够带给我快乐的人，几乎都是我每天造访的咖啡店的店员们。他们跟我打招呼时，总是会观察我当天的穿着或神情，无论如何都会找出一项特色，然后赞美说“你的衬衫颜色很漂亮呢”“今天精神很好喔”“好棒的鞋子啊”。

不是打声招呼就结束沟通，还会进一步与对方交谈，这样基本的社交礼仪，令人激赏。对于像我这样几乎不会讲英文的外国旅人，店员们更是殷勤地招待。

“谢谢！”我客气地回答，同时也看着对方说，“你的帽子也很棒呢。在哪里买的？”

他非常高兴地回应："啊，帽子是在 ×× 街买的，不如下次我带你去吧。"说着就热情地写下商店的地址给我。就这样，我们立刻从单纯的店员与顾客关系发展成为朋友关系。

不是为了要求回报才称赞别人，而是像馈赠小礼物般，当下有感而发且坦率地说出自己的感觉。被别人这样称赞时，会像是收到他人赠送的礼物一样喜悦。

在与别人互道"早安""你好""晚安"的同时，也要具体说出对方今天的优点，只是这样简单的互动，就能够加深日常的人际关系。可以试着从早上打招呼开始练习，尝试在说出"你好"之后，加上更多赞美的话语。得到他人的关心真的是非常愉快的一件事，相互赞美能让寒暄更值得期待。打招呼、聊天后，还会彼此说出"谢谢"的沟通方式，的确让我的旅行变得更加精彩。

说出称赞他人的话确实不容易，但更重要的是，还要以轻描淡写的方式说出来。太过郑重其事反而显得不自然，还可能让对方感到厌烦。赞美的话可以在招呼寒暄后偶尔说出，如果面对的是熟识的朋友，也可以趁着聊天时适时地加入。

旅行的时候我学会一件事：马上就说出目的或想说的事，是很容易令人感到无趣的。因此，最好先切入可以称赞对方的话题，再由此展开对话，以协助彼此放松心情；接着再进入主题，谈话内容围绕着对方的自豪之处，会让聊天的内容变得更加精彩。

我每天晚上都会在入住的旅馆房间里练习吉他。某一天，管理员来找我聊天，他先是不动声色地夸奖我性格稳重，接着告诉我，虽然在房间练习吉他对我很重要，但会给邻居造成困扰。

没有注意到这件事当然是我的不对，所以我很感谢管理员的善意提醒。接下来他告诉我，假如晚上想弹吉他，可以到大厅练习，如果半夜有人弹吉他给柜台值班人员听，他们应该会很高兴。

虽然有事情要沟通，但先说出让对方高兴的话语，或许是某种规矩。先尊重并关心对方，一开始就以最和缓的方式传达，会让对方更容易接受。

话虽这么说，不过，我却对赞美他人还是不怎么拿手，刚开始时总是会很害羞，没有办法坦率说出称赞的话；打过招呼后，总是很难再接上其他的话。如果一开始是这样，那么，不妨试着在道别时说些好话。例如，在说完“那么，下次再见”

之后，接着说“你今天的打扮实在很漂亮呢”之类的赞美话语。这时候对方会说“谢谢”，然后离去，你会因为他的道谢而有点害羞，对方同样会不好意思。但害羞接下来就会转变成高兴，在注视着对方离去的背影时，你会悄悄地回味这股喜悦。这不是很好的一件事吗？

现在，无论是购物、到餐厅吃饭还是与他人应酬时，我总是会尽量找出对方的优点来加以称赞，这已经成为我的乐事之一。或许别人会觉得我这样的举动有点轻薄，但对我来说，这是自然而然的行为。找出别人的优点及很棒之处，然后加以称赞，其实是一种很正式的社交礼仪。

最困难的就是称赞身旁的家人、朋友及公司同事。但请绝对不要忘记，对这些亲近的人更应优先赞美。人人都应该试着称赞身旁的亲友，如此一来，有朝一日自己也会从亲近的人那里获得赞誉。

演员高仓健先生的作品《很想获得您的称赞》，是我很喜欢的一本散文集。其实，我也总是想要赢得别人的赞赏。我想，大家也和我一样吧。

# 我所学到的育儿之道

“最重要的是，孩子想要的应该全部都给他。”听到这句话时，我被吓到差点掉到窗户外。

当时刚过三十岁的我，拥有了第一个孩子，所以我向一位女性朋友请教养儿育女之道，她却说出了上面这段话。这位朋友等同于我的第二位母亲，在我小时候，她经常代替工作繁忙的父母照顾我跟姐姐。直到现在，我们还保持着家人般的联系，回想起来，她也等同于我的另外一位姐姐。

可以满足小朋友的愿望到何种程度？想通这个问题是育儿的第一步骤。

生活常规告诉我们，应该先训诫孩子们哪些事不能做，还要严厉地斥责他们的错误行为，当父母亲的就是要严格。因此，听到朋友这么说时，我觉得非常惊讶。

根据她的说法，父母要尽力满足婴幼儿时期孩子的需求。可是，这难道不是过度保护吗？

朋友表示，虽然有可能教养出任性的孩子，但是所谓的“过度保护”，是父母亲过度满足孩子的欲望。如果满足的是他们心灵层面的需求，就无须担心他们会变成娇生惯养的小孩。

这是为什么呢？朋友认为，持续的过度保护，绝对是父母为了自我满足却换来孩子的痛苦的不当行为。如果父母时常以爱心来满足孩子的心灵需求，孩子绝对不会拥有过度的欲望。这个建议，给还是育儿一年级学生的我带来了相当大的启发。

他想要的全部都给他，是一件简单却极难办到的事。养育儿女是二十四小时全天制的工作，无论是半夜要求抱抱还是忙碌时要求陪同玩耍，疲累时的父母亲免不了想要说“好想睡觉”“我好累”。但是，我们总是无论如何都会满足孩子的需求，这就是亲情的力量啊。

我所学到的一件事，就是父母亲无论如何都不能对孩子说出“因为我很累”“因为我很忙”“等一下”这类的话。

如果孩子想要玩，就要随时陪他们游戏。实现了他们的愿望后，孩子们自然会在满足时给予“可以了”“够了”等回复。

当了解到自己总是能够得到父母的关注，父母愿意倾听及实现自己的愿望时，孩子自然就会感到安心，此时父母更能放手让他们独立。

话虽如此，乍听到“孩子想要的应该全部都给他”的说法，还是会觉得这是个难以达成的承诺，但实际上做到这一点并没有想象中那么麻烦。

朋友说，小孩的愿望其实都是很可爱的，愿望经常得到满足的孩子，不但不会变得任性，性格反而会较为稳定，也更能够照顾他人的想法。这一点，我从自己的女儿身上看到了，她总能够理解哪些是无理的要求，非常不可思议。

总之，要尽可能地满足孩子的愿望，还要给予他们最多的关爱。

在育儿之道中，还有一件很重要的事，就是保持和谐的夫妻关系。

我成为父亲之后，在思考养育自家小孩的方法时，首先想到的就是我小时候父母是怎么对待我的，不断寻思他们当时给了我什么。

我还是幼小孩童时，能让我感到高兴且安心的，就是父母亲和睦相处的画面。相反，我觉得不安及恐惧的时候，就是父母吵架、交恶的时候。

回想起来，让孩子看到父母和睦相处是非常重要的，这是教养子女的基础所在。

我们夫妇有相同的儿时体验，因此，两人约定好在孩子面前一定要保持友好和睦的态度。

为了孩子，同时也是为了自己，做到不吵架及和睦相处其实不难；但要真的从心底做到友好与彼此心平气和，可就不是那么简单。双方一定要努力牢记，保持愉快对话，贴心相助，并以笑容响应对方。现在回想起来，只要夫妇能够做到这一点，就能达成出色的育儿之道。

为了成为好父亲，就要做个好丈夫；为了做个好妈妈，就要成为好太太。这句忠告，我至今都铭记在心。

现在，女儿已经上初中二年级了。她过了小学生阶段，随着成长渐渐脱离我和妻子的扶持，在社会中自然茁壮地成长。孩子会从大人身上观察并学习到想法、善意、礼仪、感恩及对他人的照顾。从出生到长大成人，他们总是模仿父母的一言一行，所以，父母必须做正派的大人，以身作则。我自己也需要更加努力，继续扮演好丈夫的角色。

简单地说，我想要让我的孩子认为，无论结婚还是为人父母，都是人生中精彩的历程。

# 对家庭最重要的两件事

曾经无论在哪里都是最年轻的我，想不到有朝一日竟然也成了长辈，身边比我年轻的朋友越来越多。

有一天，某对年轻朋友要结婚了，婚礼的前一天，大家聚会吃晚餐，我一边品尝美味的料理，一边欣赏着幸福的两人，不禁回想起当年正要结婚、对成家感到烦恼的自己。

任谁都会想要拥有模范家庭，营造夫妇互相体谅、和睦相处的完美氛围。家庭是让人平心静气的场所，是真实自我的所在，也是夫妇圆满的基础，这一点非常重要。

如果只有温暖，仍不足以组成家庭；如果只有自由，也不是一个家庭的形象。构成一个家庭还需要一项要素，就是拥有相同的价值观，彼此分享理想。

这些是我当年在旧金山的寄宿家庭学到的。

那是一个温馨舒适又充满自由精神的家庭，三个孩子都被健全地培育成人，可以说是一个典型的理想家庭。

我觉得最棒的是，在这个家中，父亲与母亲的角色是清楚划分的。家中决定权掌握在谁手上呢？首先是父亲，其次是母亲，序列非常分明。家人意见有分歧时，一定是由父亲来裁断决定，意见不同时也可以自由发言，是这个家庭最重要的两条规矩。如果父亲表示“交由你们决定就好”，那通常就会由母亲来裁决——这是很常见的状况。

大部分的家庭都认为平等是最好的，但我却不这么认为。

家庭中需要有人担任船长的角色来发挥领导才能。而且领导力的基础，应该源自对这些问题的明确：为了什么而生存？如何生活？什么是被允许，什么是不被允许的？ 也就是说，家族全员抱持的价值观为何？而在建立家庭之初就要考虑到这些事。

以往每个家庭都有自己的家训，但现在几乎很少见了。而我们家的信念是什么？生活的方向为何？最重视什么？其实这些问题的答案就是每个家庭独有的家训。

不只要让家族所有人都能够安心生活，还要借由家训建构价值观，学习社会的规范，习得严谨的态度，从而对家庭产生重要的平衡作用。

我当时寄宿的旧金山家庭，就是一个能让家族安心生活的场所，除了夫妇分工明确外，还以严谨的家训来巩固家庭的理想。

简单地说，对家庭来说，最重要的两件事：首先，就是能成为家人安心休憩的场所；其次，就是通过家长的领导力与家训，让全体成员思考应该以何种价值观生活，拥有什么样的共同理想。

我对即将步入礼堂的两位新人说出了以上这些话。

儿童精神科医师佐佐木正美在演讲中经常提到："家庭所带来的，就是无论何时都有人在家中等待自己的幸福。"等待，是家庭幸福的泉源。因此，在家人返家时，关爱地说出"你回来啦！"的问候，是非常重要的。

年轻友人正沉浸在成家的喜悦中，也让我有机会再一次思考什么是家庭，对家来说最重要的是什么。我衷心地感谢他们。

顺便提一下，当时我构思松浦家家训时，一开始写下来的是："无论何时，都要爽朗地彼此问候关心。"

# 人为更加美丽而活

在所有人的心中，想必都有一两位期待重逢的人。

我最想见到的人，是二十几岁时公司的一位同事，大我一岁的 C 小姐。她是一位从容貌到性格，都会让我联想到“可爱”二字的女生。回想起来，C 小姐对当时的我来说，是遥不可及的奢望，也是我心目中最棒的女性。

虽然是在那里打工，但我的身体与心灵都保持着至死方休的工作精神，全身像是装了天线一般，随时都在侦测有谁需要协助。为了在公司有人忙不过来的时候可以马上自告奋勇地帮忙，我总是努力不懈地做好所有准备。同时，我也非常注重人际关系，几乎已经达到闻一知十的学习境界。

早上比所有人都早到公司，拖地、擦桌子、倒垃圾、烧水泡咖啡是我每天例行的工作。到了同事上班的时间，还会在门外扫地迎接所有人，与他们互道早安。晚上下班也是留到最后，向所有人致意“您辛苦了”，恭送大家离开公司。

假如是被聘请来做打杂的工作，就要成为打杂的专家。不过，我努力的目的可不是这么单纯。

我是想要得到 C 小姐的认可，让她能够经常想到我。其实所有的努力，都只是单纯地想引起 C 小姐的注意，一切都是由憧憬中的情感驱动。

我负责的是杂务，但基本上每天都要面对没人想做、会弄脏身体及遭遇各种麻烦的辛苦工作。但每次只要碰上棘手又艰苦的任务，脑海中就会浮现 C 小姐的容颜。

公司里的所有人都算是我的上司，每个人的工作大小事，我只用了不到一年的时间就熟记在心。因此，如果有人突然请假，只要有我在就没问题。虽然我是全公司位次最低的人，但自己总是备妥了综观公司整体业务的视野。

而这一切都是为了 C 小姐，完全是因为思慕 C 小姐才能办到的呀。

现在回想起来，这似乎是长大后再次初恋的感觉。虽然意义与动机都不纯正，但对我来说，却也是这样的初恋，教会了我如何工作。即使那时只是处理杂务，但从中积累的所

有经验、得到的训练及获得的知识，的确都是支撑我今日工作的基础。

前几天，在一位老朋友竭尽全力的安排下，我与二十年不见的 C 小姐终于再次相会。比对方更早到达并等待，应该是我当年打杂时养成的习惯吧。知道可以再见到 C 小姐，我似乎又变回了当年那个暗恋她的男孩。

C 小姐比约定的时间早了十分钟翩然到来，当时的我直直地站着，紧张到一动也不敢动，接着我伸出手来与她的相握。那是如此精力充沛的一双手啊。

“天气这么热，怎么不在店里面等呢？”C 小姐嫣然一笑地说道。

过去的事情好像永远也聊不完，一下子就过了三个小时，也到了店家要打烊、我们该说再见的时候。

C 小姐跟我说：“你看起来跟以前一样，完全没变呢。”

其实对我来说，C 小姐也几乎没有什么改变。虽然彼此都有了家庭，更巧的是女儿还一样大，或许我们的身体机能也都随着年龄增大而有些衰老，但在谈天时，我们似乎都变回了从前的那个自己，有一种不可思议的、怦然心动的安慰感。

403

我说：“虽然我们都变老了，但总觉得彼此并没有变化，这是因为心的年龄没有增加吗？那么，所谓的心灵老化是怎么一回事呢？”

我又接着说：“一定有很多地方已经改变了，但眼神的光彩及颜色并没有失去。我们双瞳的光辉与色彩，都打磨得比从前更加耀眼、亮丽，是因为心灵没有老化吧。双眼失去光芒与色彩，也许就是心灵衰老造成的，而人也将会无法成长。虽然说我已经不记得自己当年的模样，却还记得那时候的你双眼闪闪发亮。即使距离今天已经二十年了，你还是一点也没有改变，双眼一样炯炯有神，正反映出你年轻的心灵。”

心灵的成长，能将自己双眼的光辉与色彩打磨得更加美丽，虽然没有办法阻止身体的衰老，却可以停止心灵的老化。无论到了多大的岁数，只要愿意磨炼，心灵的成长就能透过自己的双眸反映出来。

不管是年岁增长还是心灵成长，都会随着岁月流逝而变得更加动人。我认为人是为了更加美丽而活，也是为了打磨自己的双眸而活。

# 最后一次跟妈妈聊天

昨天，是我最后一次与母亲聊天。

七十二岁的妈妈，在两个月前被宣告罹患喉癌，需要割除喉部的息肉。但，只是这样还没办法完全治愈，必须同时切除声带及喉头部分。

手术的前一天，医生对我说："你母亲接下来会暂时没有办法享用美食，所以尽可能让她吃喜欢的东西吧。"因而让她先出院回家。

我没有告诉任何一位家人那是妈妈能说话的最后一天。

早上大家自然地团聚在餐桌前，我问她："那么，想吃点什么好的呢？"

妈妈用痛苦而微弱的声音回答："跟平常一样就好了，被你这么一问，马上就大吃大喝的话，会弄坏肚子的。"我想到等切除息肉与声带后，她就再也无法正常地说出这一番话来。

坐在旁边的八十二岁的父亲，说想要看高尔夫球比赛转播，所以中途离席回到房间。父亲的背影看起来孤单又渺小——我从未看过他如此弱小的身影，觉得他还没有从母亲患病这件事中缓过神来，沉浸在悲伤之中。

大家与母亲聊得很愉快，她也快乐地述说着大半辈子的趣事：从过世的祖母年轻时因为太漂亮而追求者太多，一直到她与父亲第一次见面的情景、生孩子前养的狗，以及把我们这些孩子寄放在别人家而夫妇俩一起出门旅行的事情，等等。好多是我第一次听到且惊讶万分的事。

不假思索的随兴谈天中，母亲的经历仿佛变成其他女性的人生故事，听起来实在有趣。

就我所知，母亲从来没有生过病，连感冒卧床的经历都没有，七十二岁之前也从未住院过。总之，母亲是一个充满元气又健康的人。

从五十岁开始去上歌唱课程后，母亲的歌技更是快速精进，几乎只要参加卡拉 OK 大赛，就能赢得奖金凯旋。她拿到的优胜不计其数，最后因为实在太厉害了而被禁止参赛。

母亲从小的愿望就是成为歌手，六十岁时终于完成制作自己的 CD 的心愿，实现了一辈子的梦想。

“昨天晚上，我一边睡觉一边听着自己的歌唱录音带，突然就落下泪来，想到以后再也没办法唱歌……”母亲的眼眶红了，泪珠在打转。

事实上，那是我第一次看到母亲愁眉泪眼的模样。从来都没有哭过的母亲，用毛巾盖住双眼放声大哭。想到这么喜爱唱歌的人，再也无法发出声音，我止不住泪水，却也无计可施。

“不过，我已经让很多人听过我唱歌了，这样也算够本了。虽然这么说可能有点奇怪，不过我听录音带时，从心底觉得自己真的太会唱歌了。好吧，以后在心里唱就可以了。”母亲微笑着擦去泪水。

“我说你啊……”母亲突然盯着我看。

“你可不要因为事业太得意就在外面拈花惹草喔。你这样子的人，一定有不少人来奉承，甚至倒贴吧？但你千万不要忘了，无论如何都不能在外面有女人。”母亲开始对我说教起来。

“喂，知道了吗？我在认真跟你说话呢。”她一边说着，一边啪啪地打起我的大腿来。

“还有啊，工作的时候一定要注意，有时候身边亲近的人也会背叛你。被人背叛了要保持冷静，先下手为强。遭到背叛不可怕，最怕的是被人背叛时，自己却乱了阵脚，知道了吗？”她又打了我的大腿一下。

“这两件事要牢记在心，继续努力啊。”妈妈喝口茶润了一下喉咙，接着露出神清气爽的表情，似乎已经没有什么话要说了。

对儿子的最后说教，竟然是绝对不可以有外遇和如何应对别人的背叛，想起来还真的有点好笑。我在想，是不是妈妈曾经为了这两件事情而苦恼呢？一定是这样吧。

“你现在还笑得出来，总有一天你会记得我说的话。”

说完后，她就将脸转到一边去。“聊了这么久，你该回家了。”她自作主张地结束这次的谈话。

我要回去时，妈妈又拍了拍我的背说：“已经没事了，谢谢。”

我突然觉得自己好像从原本要鼓励她的人变成被鼓励的人。

“我还有很多想做的事情呢，接下来会很忙的，所以还是赶快把身体治好吧。”

说完后，她挥手与我道别：“就这样啦。Bye bye！”

与母亲的最后一次聊天，竟是如此充满欢笑，还被温柔地训斥说教，又有些瞬间令人想哭泣。虽然还是很担心她，但心情已经平复了不少。那真的是一次令人愉快的谈话啊！

写这篇文章时，母亲正在医院接受预计长达五个小时的手术。

“待宰羔羊！”我眼前浮现妈妈说出这句话时促狭的笑脸。

# 作为人生灯塔的一本书

十几岁时，我好想遇见一本能帮助我快速融入这个世界的书。这样的书，将会成为我浮沉于人生大海的救生圈。救生圈不需要多，一个就够了，它不只能够帮助我免于溺水，同时还能够带领我到正确的彼岸。

每一个人，都会有鼓足勇气投身大海、游向未竟梦想之岸的时刻。这时候，假如能够拥有如同救生圈的一本书，就能够随时用它为自己打气。

我的这一本书，就是《高村光太郎诗集》。以前，我是一个不太爱看书的孩子，与《高村光太郎诗集》的相遇，是当时在某百货公司里举办的高村光太郎展，一句手写标语吸引了我："最糟也是最棒的路。"

这句话让我惊讶万分，"最糟"跟"最棒"……无论如何一定都要最棒，这不是理所当然的事吗？但为什么会在诗里搭配“最糟”这个词呢？这的确引发了我的兴趣。“最糟”与“最棒”是一个什么样的组合，我实在无法了解其中深层的含义，但我的心却被这一行文字紧紧地掳获了。

作为展点的商店里有本《高村光太郎诗集》的文库本，我拿起来并打开目录，找到“最糟也是最棒的路”这一首诗便读了起来。从“就这样停止了……”这句话，到最后的“走向那条最糟也是最棒的路”，我眼前突然豁然开朗，感觉到捆绑住我的心锁终于被打开。

我用身上仅剩的钱买下了《高村光太郎诗集》，因为花光了为回家预备的电车费，只好步行回到有三个地铁站距离的家，但一点也不觉得辛苦。好像只要口袋里有《高村光太郎诗集》，无论走多远都不会累。现在回想起来，只是十几岁毛头小子的我，经常买些此类的东西，也许是太早熟吧。除了漫画，我第一次用零用钱买的书，就是《高村光太郎诗集》。

我如饥似渴地读着这本书，虽然有很多无法了解的诗句与文字，却能强烈感受到“真实”潜藏于其中。父母与老师没办法回答我的事、我不了解的问题、想知道的事情，以及并非谎言的绝对事实，我觉得都在这本诗集中。

高村光太郎的诗虽然很悲伤，但是这份悲伤能深入地激发更多具有美感的思维。他的文字平易近人，虽然所有人都有怯弱及怪异之处，但这就是人性所在。

这也是高村光太郎给我的启发。他教导我，任何人都应该同时珍爱最糟与最棒的存在，这两者才是照亮人生道路的明灯。我从来没有给朋友看过《高村光太郎诗集》，爸妈大概知道我在看这本书，也不干涉我。这本诗集是我的秘密珍宝。直到现在，我还在读《高村光太郎诗集》。任何时候，只要阅读这本诗集，我就能再度找回自己，为陷入黑雾谜团中的自己照明。

就这样持续阅读了三十年，不晓得买过多少本，对我来说，它就像是常年往来的老友，甚至只要在身旁找不到这本书，我就会很没有安全感。一本书带来如此大的影响，让我对它怀有无尽的感激之情。

《高村光太郎诗集》给我的不只是这些，它还让我知道，对于相信自己能办到及喜爱的事情，只要坚定信念，就能得到应有的自信。并非我已经达成了所有目标，但至少我能够自信地说，对于喜爱及珍惜的事物，我至今从未改变过初衷。不对，虽然初衷不会改变，却还是以日渐不同的愉悦心情来面对自己。

虽然只是一本书，但在不断的阅读过程中，今天、明天及后天，每天都将会有新的发现，我觉得这是一件非常幸福的事。这样的体验也可以说与人际关系完全相同。

《高村光太郎诗集》带给我最大的好处，就是每当有人问我“对你来说，书是什么”时，我总是可以脱口而出：“对我来说，书本就是朋友。”就是这样，书是我永远的朋友。

02

# 内心的风景

## 深藏在心中的恋爱回忆

# 轻声说再见

我的初恋对象，是小学放学后的安亲班[1]老师。现在回想起来，那时候的她应该是二十二三岁的年纪吧。她总是将长发往后扎起，眼睛晶亮且清澈，经常面带笑容地看顾在游乐场玩耍的我们。

小朋友难免会有吵架、调皮捣蛋的时候，受伤也是常有的事。遇到这种时候，老师总是不慌不忙地走进闹事现场，细心又温柔地帮受伤的孩子们包扎伤口——如此默默地守护着我们每个人。

即使孩子们不听话，老师也从来不生气，只会微笑以对，

1 安亲班，照顾放学后幼儿的机构，兼具教育和保育功能，类似于托管所。——编者注

我几乎从来没有听过她大声叱责谁。我们玩游戏的时候，无论何时，无论距离多远，只要一回头，就会看到她回应我们的笑容。小朋友们都非常喜欢这位老师。

有一天，我与朋友们吵了架，快快不乐地嘟着嘴生闷气，抱着膝盖蹲坐在游乐场的角落。看到这样的我，老师慢慢地踱步过来，什么也没说，以和我一样的姿势在我身边坐下来，出神地看着正在玩游戏的孩子们。稚嫩单纯的我忍不住偷偷转过头去窥视，不由得一愣，见到老师脸上挂满笑容。

这时已是傍晚时分，差不多到了安亲班放学的时候。

老师对我说："那么，该准备回家喽。"

我低着头沉默不语。

突然，老师用她温暖的双手从背后环抱坐在地上的我，并凑近我的耳边又说了一次："呐，该回家了喔。"

那一刻，被老师抱着的我，竟然渐渐感到释然，情绪也瞬间好转了。不过，执拗的我还是故意看向旁边闷不吭声。当时老师身上飘散的是我后来再不曾闻过的香气。

"不想回家吗？"

"……"

“明天还可以再来玩啊。”

“……”

老师温柔的嗓音渗入我的心底，我的胸口突然一阵紧缩，感到有些心悸。

“那么，今天就跟老师秘密地再见，然后马上回家喽。”老师如此微笑地说。

“什么是‘秘密地再见’？”我终于开口回应老师了。

“就是‘轻声说再见’啊！因为是秘密，所以不能让其他人听到，只能用很小很小的声音说才行喔。”

为了让坐在地上的我站起来，老师转到我的正面，蹲低到跟我相同的高度，一边将我抱起，一边柔声细语地在我耳旁轻轻地说：“再——见——”

听到这句话，我身体里仿佛有电流通过，内心一阵悸动。

“我也想跟老师说……”受到引导的我凑到老师的耳边，尽可能以最微小的声音，奶声奶气地说：“再见——”

“那么，可以回家了吧？”老师牵着我的手走出了游乐场。

我走在回家的路上，忍不住回头望，老师正笑着向我挥手道别，她的背后是一大片美丽的夕阳。再走了一小段路后再一次回头，老师还是面带微笑地守望着我。等我走到转角最后一次回头时，只见到老师以嘴型再次道了“再见”，而我也以不发声的方式回应“再见”后，小小的身影便隐没在街角。

那天，是我人生中第一次了解到爱恋一个人的那种心痛的感觉。

当时，我九岁。

长大成人后的我，虽然能娴熟地使用“您好”这样的日常问候语，却总是困扰于说出“再见”这两个字。也许正是因为思念着对方，反而难以开口。每当这个时候，我总会想起老师，然后喃喃自语地练习：“轻声说再见。”就这样以轻柔且坚定的声音，与他人互道珍重、再见。

# 想要拥抱的背影

“你最喜欢的食物是什么？”

夏日的某一天，我在吉祥寺打工时认识的大我三岁的她突然这么问道。当时，我们正好结束工作准备回家，并肩走在前往车站的路上。

“咖哩饭。咖哩，每天都吃不腻呢。”我是这么回答的。

她咯咯地笑了起来，又问我：“加了很多红萝卜跟马铃薯的咖哩和清爽的泰式咖哩，你喜欢哪一种？”

“加很多料的咖哩。”

我一边躲避狭窄商业街上来往的车子一边回答，她也摇摇晃晃地跟我一起闪避来车。

突然间，她紧紧地抓住我的手腕。

“对不起，这里的路太窄，车子经过时真的很危险。”她有些难为情地喃喃自语。

她的手有点冰冷，纤长的手指与修剪合宜的指甲的触感停留在被阳光晒到发烫的我的手腕上。之后一直到车站，我们两个人都沉默，没有说话。

“昨天我煮了咖喱，今天有空的话就过来吃吧。”在聊到咖喱的第三天，我们又很恰巧地一起回家，她这么对我说。

“做了‘加很多料的咖喱’，但是不小心煮太多了。”她用几乎听不到的微弱声音，比平常更缓慢地说出来。

“啊，车子又来了。”才这么说着，她便往我靠了过来。

其实，我心里也有些期待碰触到她柔软的身体。

她是我打工的公司的职员，做事非常利落，也很敏捷，同事对她都非常信赖。大家不叫她名字，只称呼她“香织小姐”。她平常不太化妆，总是穿着简单高雅的服饰。

“真对不起，家里乱七八糟的……”

她住在西荻洼站附近一所两房一厅、附设厨房的公寓。房间里有着白色的窗帘跟白色的地毯，我还隐约瞄到卧室里白色的床。事实上，房间里一点也不杂乱。

我端详放在桌上的相框，说道：“啊，你去过纽约，这里是中央公园，对吧？”

正在做菜的她在厨房里面回应："嗯，两年前去的。弥太郎君在纽约住过吧，好让人羡慕啊，我也想去那里住。"

在等待料理完成的时间里，我坐在椅子上出神地看着她的背影。她的背影有种说不出的耀眼光芒，肩膀的线条极为柔和优美，跟我平常打工时看到的背影完全不一样。我突然意识到，她从来没有叫过我的名字，这是第一次。

"咖喱马上就热好了，稍等一下喔。"

她从冰箱拿出冰茉莉花茶，倒入玻璃杯中。

咖喱真的非常好吃。

"今天的咖喱其实是我妈妈煮的，不过，却是我吃过的最棒的咖喱喔。喂，你讲一些纽约的事情给我听嘛。"她啜饮了一口冒着白雾的饭后茶。

于是，我跟她讲了一段我在纽约的际遇。

抵达纽约的第一天，天空下着大雨，当时我全身湿透，拖着行李箱四处寻找旅馆，直到半夜才找到落脚的地方。后来在旅馆里遇到很多人，每天都过着很有趣的生活。我还跟她介绍了超好吃的早餐店、喜欢的书店，还有跳蚤市场……一直说到预定从纽约返国前两周的大小事情。

"好棒喔，我也想一起去。假如能像弥太郎君这样，去探索喜欢的事物并生活在纽约，实在是太梦幻了。”

被这么称赞，总觉得她有点太高估我了，我并不是这么棒的男生啊。同时，我也在心中喃喃自语：“生活在纽约其实一点也不美好。我只是因为生活不顺，想要逃离日本，才偶然地选择纽约——仅此而已。暂别日本，流浪国外，在其他人看来似乎很帅气，但我始终明白，绝不像表面上那么地风光。”

“住在便宜旅馆或狭小的出租公寓，其实是很辛苦的事情。而且我住在‘地狱厨房’[1]那一区，那里危险到不适合女生居住。”

我才说完，她突然将身体和脸凑近我，问道：“但是，去那里玩一次也不错吧？”

她的眼睛直盯着我，原本紧闭的双唇微开，我不由自主地贴上她的唇瓣。依稀记得，两人的双唇分开后，我再度亲吻她，第一次碰触到她削瘦却柔软温暖的身体。我将手叠放在她手上，轻轻触摸她葱白般的纤指，还是跟那天一样，有些冰凉。

---

1　地狱厨房，英文表述为“Hell's Kitchen”，是美国纽约克林顿（Clinton）的别称。它位于曼哈顿的西边，集中了为曼哈顿中心地带提供运输、仓储、医疗等服务的设施和机构。它是著名的贫民窟，冲突与犯罪频发。——编者注

“你有女朋友吗？”

“嗯，有。”

“原来如此。”

“香织小姐呢？”

“有。”

其实，我并没有女朋友，不知为何要说这种谎。

“怎……么办？”她问我。

沉默了一会后，我回答说：“我……该回去了。”

我竟然会害怕因为抱了她而让自己幻灭。当时的我极度缺乏自信，与其他人渐行渐远，不想让她发现这个样样都不行的我。那时候，我总是逃避想要亲近我或与我缩短距离的人，实在很害怕破坏在她心目中那个备受赞誉的形象。

“香织小姐，我该回去了。”

“喔……嗯，我知道了。”

“对不起……”

“说什么抱歉呢，我今天也很高兴啊。”

我走向玄关，握住门把后回身，她已经背对着我开始洗碗盘。虽然我想说些什么，但似乎是水声阻隔了我们。

“再来玩喔，路上小心。”

她的背影，又恢复成我打工时看到的模样。走出她家关门的刹那，我看见她转过来向我轻轻地挥手道别。

夏天的夜晚，户外仍然暑气逼人。

无精打采地走到车站，最后一班电车早已开走，车站电灯也已经关闭——一片漆黑。我身上也没有用来坐出租车的钱，只能站在原地犹豫着是否回她家去……

我走着，依稀感觉到嘴唇上残留着她唇蜜香甜的味道。

在回家的路上，好几次停下脚步，想起她的背影，想要紧抱她的意念越来越强烈。

第二天上班时，她还是一如既往地工作，不过，两人的眼神完全没有交会过，我只是远远地望着她的背影。

两个礼拜后，我又像逃难似的离开了日本。

当时二十三岁的我，总是在跟最糟的自己对抗。

# 告别纽约的那一天

那天，我比平常更早地醒来。用手指稍微拨开窗帘，对面大楼上装设的温度计广告牌显示当时的气温只有八摄氏度。

四月的纽约，还是很冷。

昨天晚上就整理好的返国的行李箱与大帆布袋，被我随意地堆在房间的角落。在洗手台刷牙洗脸后，顺便在这一层楼共享的淋浴间洗了热水澡。初到此地时，淋浴间独特的消毒水味令人难以忍受，不曾想它却变成了让我感到心安的气味，甚至给我家的感觉。

我在纽约买的沐浴套装再也用不上了，所以直接丢弃到垃圾桶里，搞不好还会被某个人捡去用呢。

沉重地走过铺着满是破损的地毯的走廊，手动拉开铁门，走进可怕的老式电梯，按下到大厅的按钮。位于“地狱厨房”的华盛顿·杰斐逊旅馆（Wshington Jefferson Hotel），是我每次来纽约都会投宿的地方，一个晚上二十五美元，住客共享淋浴间，没有电视，也没有电话。

电梯到了大厅，跟在柜台值班的年轻人巴比道声早安问好，他用灿烂的笑颜回应了我。我非常喜欢他总是笑脸迎人的样子。不过，我这次不是来支付一星期的住宿费，而是告诉他我要回国了。

巴比惊讶地问了我好几次："是什么事这么突然呢？为什么？"

我回答："因为有工作，所以不得不赶快回去。"

巴比摇了摇头，露出悲伤的表情，继而沉默。

我回想起有一次跟巴比通宵聊天时说过："在这里相遇的朋友们，总有一天都要回到某个地方。"心中不禁一阵纠结。看到曾在困顿时亲切帮助过我的巴比露出悲伤的表情，我很难过，想赶快逃离这个气氛凝重的地方。

"等会再聊。"我急忙说完之后，决定先去旅馆附近的熟食店买早餐。

我走出旅馆时回头，看到巴比正在目送我走出门。

在熟食店厨房工作的男生一看到我，立即向我使了“现在马上做”的眼神，快速地帮我做好一份贝果，然后把加了少许牛奶的咖啡一起打包到牛皮纸袋中。这三个月来，我每天都来买一样的早餐，所以不用说话就能得到我想要的餐点。

我拿着加了蛋、培根及干酪的贝果以及咖啡走到柜台结账，总共是两美元又九十五美分。想到以后再也吃不到这么便宜又好吃的早餐了，心里不禁有些惆怅，但这也是没办法的事情。

店里设置有堂食吧台，我打开牛皮纸袋，开始吃起在纽约的最后早餐。重烘焙咖啡的香气让我感到幸福，太阳蛋与酥脆的培根混杂着融化的干酪与番茄酱，美味极了。

在这家店的吧台区，我认识了好多人，也与他们聊过天。每天早上，聚集在这里的熟面孔几乎都是原班人马，如果没有空位的话，一定有人会尽快结束用餐让出位子来——真的充满了人情味。如果硬要以社会阶级来划分的话，这里可以算是底层人士聚集的场所，但我真的再也找不到如此温暖的地方了。

不知何时，附近的野猫竟爬到暖气片上睡觉，我用手指搔它时，它的喉咙里发出“喵”的声音。

$7.95
Web Page Designer
$22.50
SALTED LEMON $1.25
SALTED LEMO $3.99
SMALL SALTED LEMON $3.75
OATMEAL COOKIES $2.99
PEANUT BUTTER CHOCOLATE CHIP $3.25 COOKIES
PEANUT BUTTER COOKIES $2.99
Dried Lychee
MARDI GRAS COOKIES $2.75
GUAVA FRUIT COOKIES $2.75
CINNAMON COOKIES 2.75
REAL PUMPKIN PUMPKIN BREAD
PASSION (LILIKOI) BREAD $3.75 $4.00
SWEET BREAD $3.75 $4.00
REAL MANGO FRUITS MANGO BREAD $3.75 $4.00
REAL ULU FRUITS BREADFRUIT BREAD $4.75 $5.00
REAL BANANA FRUITS BANANA BREAD $3.75 $4.00
CINNAMON CINNAMON SWEET BREAD $4.25 $4.50
GUAVA $3.75 $4.00
RAINBOW BREAD GUAVA, MANGO & SWEET BREAD $4.75 $5.00
REAL TARO TARO BREAD $4.25 $4.50
VISA
Best Bread Selection Order One Day Or More.

离开的时候，我跟柜台的男生说："我今天要回日本了。"

听到我这么说，他紧张地问："为什么？是今天吗？"

他又停顿了一下，接着说："可别忘了我啊，要回来吃早餐喔。"一说完便拉我过去，给了我一个拥抱。

曾经只说过几句话的我们就这样道别了。我并没有跟厨房的男生说再见。

在纽约这个地方，就是这些微小的亲切感与单纯的沟通，成为每个人生存下去的能量。这里经常被说成过于冷漠的城市，但我一点也不这样觉得。我认为纽约是一座人们彼此分享孤独与悲伤，所有人每天都在奋力生存的城市。

我叹了一口气，走过马路回到旅馆。我握住旅馆的门把时，瞄到旁边手绘的旅馆小标牌，突然回想起第一次来到这家旅馆的种种，有想哭的感觉。

永远忘不了那一天的纽约，以及我抵达的这个被称为"地狱厨房"的地方。

从熟悉的旧金山出发，抵达纽约肯尼迪国际机场时，已经晚上七点多了。应该搭地铁还是出租车去曼哈顿？出了航站楼要往左还是往右？正当我还弄不清楚状况时，有一位包着头巾的男人招呼我："要不要坐车？到市中心，只要二十美元。"

还没等我回答，他就自行动手把我放在地上的大帆布袋堆到后备厢去，然后催促我："快点上车！"他的英文说得很快，来不及回答的我只好无奈地坐上他的旅行车。

"西四十八街第九大道的'美国旅馆'。"我告知地址后，那男人沉默地点点头，快速发动汽车驶离机场。车子奔驰在机场到曼哈顿的高速公路上，我把额头抵着车窗，发呆似的眺望窗外流动的景色。

路旁一栋老房子陷入火海，尚没有看到任何人抢救，房子继续燃烧，火焰冲上夜空。车载收音机正在播放印度歌谣，车内充满某种香料的怪异气味。汽车驶过一座大铁桥，驶入摩天高楼的丛林。

"西四十八街第九大道的什么旅馆？"男人问我。

由于收音机很大声，我嘶吼着回答："'美国旅馆'。"

男人说："没听过这家旅馆。"西四十八街第九大道是脱衣舞俱乐部跟特种行业聚集的红灯区，而"美国旅馆"是我在机场黄页上找到后，再用公共电话预约的。接电话的女生

用毫无起伏的声音跟我说她会转告，讲到一半突然她就把电话挂断了。黄页上面写着一晚四十美元，虽然有些可疑，但我决定今天先投宿一晚，等明天再来慢慢找其他合适的旅馆。

“这附近只有爱情旅馆，没有观光客饭店喔。”男人这么说。

我决定无论如何先下车再说，所以给了他二十美元。“谢谢，在这里停就好。”

正当我要下车时，男人突然狠狠地瞪着我说：“二十美元是行李费，你的车费是五十美元，所以加起来你要付七十美元。”

外面下起大雨，我顿时明白被骗了。不过，我实在不喜欢在陌生的地方与人争吵，无可奈何之下还是付了七十美元。

“这还算便宜的呢！”说了这句话后男人就扬长而去。

在西岸，人们道别的时候一定要说“祝你今天愉快”，但在纽约好像不需要。我不禁叹了一口气。

奇怪的霓虹灯映照在人行道上，我那放在地上的大帆布袋早已经被雨淋得湿透了。

“美国旅馆”在哪里呢？

我背着沉重的帆布袋沿着路走下去，过了西四十七街、四十六街，还是没有看到“美国旅馆”的招牌，街上的气氛也变得越来越热闹而诡异。

美国的公共电话旁都有电话簿，我想还是打电话再确认一下地址好了——但不是找不到公共电话，就是电话簿已经被人拿走。看着手表，竟然已经过了晚上九点。

总不可能睡在街上吧！我有点紧张了，更糟的是肚子发出了饥饿的信号，只好逃难似的先躲到路旁的第一家店，是中式快餐店。我点了一盘两美元九十九美分的炒饭，还好中国店员听得懂我的加州腔英文，让我安心不少。

这是我在这个街区，也就是俗称的“地狱厨房”的第一餐。

我一边想着接下来该怎么办，一边大口扒着炒饭。这时，一位年轻的中国女生问我可不可以坐在我旁边，她的一只手上抱着好几本看起来像是字典的书。

我调整了一下呼吸，回答道：“请坐。”

女生对我微微一笑，小声说：“谢谢。”

接着，她把手伸向我的头顶，用手指碰了一下我湿透的头发。

“你的头发都被淋湿了，没问题吗？”

好像母亲关心孩子一样，她注意到我全身都湿透了。

“谢谢，没问题。我今天刚到纽约，找不到预订的旅馆，只好在这附近找找看。不过，雨实在太大了。”

“真——的——没——问——题——吗？”她用简单的日文再次问我。仔细一看，原来她手上拿着的是日语字典。

“你在学日文吗？”

“是——是的。我——是中国人。正在——学——日语。”她害羞地回答。

我用英语自我介绍了一下，并说“请多指教”。她则用日文回答自己姓林，今年二十八岁，白天在这家餐厅打工，今天刚好上完日语课顺道过来吃饭。她提到自己正在努力学习日文，还说一看到我拿筷子的样子，就知道我是日本人。

我对她说：“你的日语很棒呢。”

她高兴地回答：“谢谢。”

头发剪得跟小男生一样短的她，有着小巧的脸庞与细长的眼睛，脖子细长，人很纤瘦。我原本感叹到了纽约后衰事连连，而在纽约的第一餐遇到她，顿时觉得自己得到赎救了。

“你要去哪里住，今天？”吃完饭正在喝可乐的她，一脸担心地询问我。她那不灵光的日语实在很可爱，让我忍不住笑出来。

“你在笑什么？”她用无辜的眼神望着我。

“对不起……对不起！我没笑什么，总之，今天还是要赶快找到住宿的旅馆才行。”

听我这么说，她用英语回答：“已经这么晚了，在这附近走路非常危险。要不，今天你就先住我家好了，明天再出来找旅馆吧。”这时的她又恢复了母亲般的口气。

我回应说这样打扰有点不好意思，她则是用日语重复道：“没关系！没关系！”走出店门口，雨势不仅变大，还夹杂着狂风。脱衣舞俱乐部与那些怪异店面的霓虹灯散发出异样的色调。因为下雨的关系，街上没什么人，空气中弥漫着下水道散发出的恶臭。

“跟紧我吧，快点！”她毫不犹豫地往雨中跑去，我也背起沉重的大袋子，在暴雨倾盆的纽约街头狂奔。

她那副不顾一切奔跑的样子实在很可爱，我忍不住大笑。不时回过头关照我的她，也跟着笑出来。

跑着跑着，我的心情变得愉悦了。

“地狱厨房”位于曼哈顿西侧，在哈德逊河到第八大道之间，是从三十四街到五十九街的地区。这里被普遍认为是纽约治安最差的地区，但同时，也是保留着纽约最多古老景观的地区。

林的公寓就在“地狱厨房”。

她的房间在六楼，一楼是水果店。她的房间很小，是一房一厅附一个厨房的格局。

一进门，她好像完全忘了我的存在，在玄关就把湿衣服一股脑地脱下来，只穿着内裤就冲进浴室，接着又在浴室里大声呼唤我。

“对不起，请等一下，我现在一定要先冲个热水澡。”全身湿透的我没办法进屋子，只好先坐在玄关的椅子上。地板上尽是林随手扔放的牛仔裤跟毛衣，我只能发呆，盯着它们，等待林出来。

热水冲走了我旅行的疲累。淋浴后，我看到手边放了一件旧的运动衫跟一条睡裤。

我向她喊道：“谢谢！”

她在卧室里回应：“尺寸很大，你应该穿得下。明天我帮你介绍附近的旅馆，很便宜的，因为有认识的人在那里工作。”林一边说一边从厨房里端了杯热茶给我。

“今天早点休息。我也很累了，所以要早点睡。那么，我就打地铺，你睡我的床吧。”

林动作利落地拿一个垫子铺成床，立即躲入被窝，用日语对我说:“晚——安！”我默默地在枕头上铺好自己的毛巾，随即躺平，干净的床铺让我的心情沉静下来。

“今天真是谢谢你了。”我说完随即关了灯。

“不——客——气！”林回应道。

其实我对她是有些期待的，但这个晚上什么事情都没有发生。疲倦的我马上就进入梦乡。

第二天，我在刺眼的阳光中醒来。林的房间没有窗帘，明亮的阳光照进屋里的每个角落。林已经起床了，正在吃早餐，看电视。

“早安。”

“早安。睡得还好吗？啊，你的头发好乱哦，哈哈哈……”她看到我睡得乱七八糟的头发，笑出声来。

“喝茶吗？还是要喝咖啡？”

“茶就好了，谢谢！”这时我才发现，林全身只穿着一件格子衬衫，露出细白诱人的双腿。我感觉得出来，她并不是想要引人遐想。其实她只要稍微动一下就会曝光，但她不会不好意思，根本不管旁边还躺着一个昨晚才认识的男生。这种不矫揉造作的开朗个性还真是不错。

Frida
MUSEUM

我啜饮着茶，欣赏起这个人的优点来。看着林把双脚跷在桌子上，阅读日语教材并做笔记。她耳朵的轮廓真是美丽。

早上十点过后我们离开了房间，前往她介绍的旅馆。那是在五十一街，走路过去只要五分钟的华盛顿·杰斐逊旅馆。说是旅馆，其实看起来更像老公寓，要不是外面挂着一个小小的广告牌，应该没有人认得出这是一家旅馆。

“巴比，早安！我带了客人来喽。请给我们这家旅馆最高级又最便宜的房间吧。”

“林，早安！我们家旅馆的房间全都是最高级又最便宜的哦。我叫巴比，欢迎你！”

这位叫巴比的年轻人伸出手来，我也介绍了自己，同时与他握手。他的手很温暖，让人感觉是个可以信赖的人。

“那么，我先帮你找一间空房吧。等其他更好的房间空出来后，你再搬进去。”

巴比把钥匙交给我，并跟我说明需要先预付一周的住宿费。他按了按计算器，说会给我一个实惠的价格，我看了他递过来的计算器，上面显示着一百七十五的数字。我同意了这个价钱，正打算付钱时，突然发现钱包不见了，不由得慌张起来。

“怎么了？”林问我。

“钱包不见了。”我紧张地回答。

“不会吧，该不会是昨天掉在哪里了？也许在我的房间，我回去找找看。”

巴比也对我说：“先别紧张，坐在沙发上等一下吧。”

过了三十分钟，林回来了。

“家里都没有钱包呢，一定是昨天晚上奔跑时，不小心掉到哪里去了。这样就没办法了，这里毕竟是纽约呀！”

我翻遍了帆布袋，怎么也找不到钱包。我清楚地记得昨天晚上把钱包放在林房间的桌子上。

“有护照的话就可以先入住了，住宿费等退房时再付也可以。”巴比这么说让我安心不少。

林拍拍我的肩膀，一脸担心地说：“没——问题吧？”

“昨天晚上，我把钱包放在你房间的桌上……”我还是提出了疑问。

“但我真的很仔细地找过了，就是没有呐。”

“我还有朋友住在旧金山，我会跟他们联络汇钱的事，就请让我等到那时候再付钱吧，真的很谢谢你。”听我这么说，巴比微笑着点点头。

林此时突然说道:“对不起,我学校还有课,得先离开了。”她说完就走出了旅馆。

“唉……”我叹了一口气。

“要不要吃甜甜圈?”巴比给了我一个撒有大量糖粉的甜甜圈。

“昨天你住在林的家里吗?林是一个好孩子,但有怪癖,你的钱包只能当作是送给她了,就不要多想了。”巴比说完还眨了一下眼睛。

“钱包里可是放着超过一千美元以上的现金呢!”我无奈地说。

“真糟糕,不过你也只能死心,当作是送给她了。这里是纽约,发生任何事情都必须想到是自己的责任。也许我在说风凉话,但在这种状况下,你竟然随意把钱财外露,这就是你的错;虽然林也有责任,但自己的财产绝对是要自己来好好保护。”巴比坦率地说出这些话,目的是让我别再执着于这件事情。

这就是我在纽约的第一晚接受洗礼与放弃对抗的故事。

不过当天晚上,我还是故意回到林的公寓外。那时,她的房间并没有开灯，一片漆黑。在这之后我再也没有遇见过她。就在我以为自己已经淡忘她时，偶尔还是会想起她那轮廓美丽的耳朵。

巴比给了我特别优惠——第一周的住宿费半价。他说，这是我们两个人之间的秘密，绝对不能跟其他人说。

就这样，我找到了每次来纽约都会投宿的地方，也结交了第一个好朋友。

# 爱人的气味

某个夏日，我与恋人一起去巴黎旅行。

我们预定停留两周，但是我和她各自都还有要事在身，所以只有最初的两天是一起住在巴黎的旅馆，之后她就要出发去马赛，预定忙完一星期的工作后返回巴黎。我在日程中的工作是跟住在巴黎的一位老朋友开会。虽然说是两个礼拜的旅行，但是扣掉两人的分离及交通时间，就只有五天是真正在一起相处的。

我通常会在巴黎第六区的卢森堡公园附近投宿，住在一家一楼设有餐厅的旅馆。

我们一抵达就办理入住登记。房间的卧室很大，还设一个小巧的厨房，推开面向马路的大木窗，可以看到夏日翠绿的卢森堡公园美景。

在抵达的第二天早上，我们到附近的面包店买了三明治，又在旅馆的餐厅点了一壶热咖啡，然后窝在房间里一边吃早餐一边聊对巴黎感兴趣的地方。她几乎没有在巴黎市中心散步过，因此，很想去印度人及其他移民聚集的奥柏康夫（Oberkampf）好好逛几天。

我则计划跟喜欢二手书的朋友会合，寻觅古本实在是一件很有乐趣的事。总之，虽然是两个人的旅行，但白天几乎都是各自行动，这对我们来说是很自然的事情。对于以恋人身份交往两年的我们，一开始就没有规划新婚夫妻蜜月旅行般的观光行程。

我们一起用早餐，午餐则是各自打理，直到傍晚六点才会再碰面，一起吃晚餐。当能够配合彼此的时间时，我们会先用手机联络，约定新的见面时间及回旅馆的时间。

凡事先约定好，是我跟她旅行时必定遵守的规矩。还有一件很重要的事，就是晚上一定要一起入睡——即使吵架了，也要遵守这些规定。

两人最亲密的共处时光，无非就是一起睡觉的时候，这个亲密时光也只能延长到第二天早餐前。我们平常在东京都非常忙碌，这也是特地要出来旅行的原因。

整个白天，我们都可以不在乎彼此，尽情享受一个人的旅行，接着再心满意足地共度平静而温暖的夜晚。我们会聊一聊白天发生的种种故事，到很晚都聊不完，等到第二天早餐时还会延续前一晚的话题。

“你喜欢什么样的睡姿？”在床上的她突然问我。

“什么，有什么特别或普通的睡法吗？”

“哪，不一样喔。做完后，你想粘在一起睡，还是分开睡？还是……”

“嗯……嗯……”我一下子不知该如何回答。

“我呢，会想要粘在一起睡。但保持这个姿势会让肩膀僵硬发麻，这时候，我就会悄悄地离开对方，再用舒服的姿势入睡。反正，我不喜欢一开始就背对背……”

“嗯，原来如此，我也是呢。”

“所以，一开始抱在一起睡，如果能这样进入梦乡最好。等到睡着自然分开后，还是要牵手，好吗？我想要在没抱着的时候能够手牵着手。”

从以前到现在，无论是日常生活还是旅行中，我们完事后总是会先抱在一起，等到稍有困意，即使身体分开也会紧紧握住对方的手直到进入梦乡。哪怕睡着后交握的手松脱了，

也会无意识地搜寻对方的手。只要牵着手，什么样的睡姿都觉得舒服。即使是早上醒来时，也会重新找到并紧握住对方的手，这真的是令人快乐的“小确幸”啊。

在巴黎，每天都如此入睡的我们，因为她工作的关系，从第三天开始就不再一起睡了。

我睡在还残留着她独有气味的床铺上，虽然内心强烈地感受到某种寂寞，却还是能够将脸埋入留有她香气的枕头与床单睡去，仿佛可以感受到两人手牵手进入梦乡的愉悦。

那时候我意识到，比起在一起时，爱人的香气在分离后更加容易会被察觉；在某种程度上来说，它会变得更加令人留恋和回味——冷却的余香更加甘甜。

一个星期后，我与从马赛回来的她再次共度夜晚。我们聊到气味这件事，她明朗地微笑着说：“你每次从我家离开，我也有相同的感受呢。我很想把有你气味的东西留存下来，但又担心那会让我觉得有些寂寞，这是一种非常微妙的心情……”

窗户开着，夏夜的晚风吹来。躲在床上的我们，贪恋地嗅起彼此枕头上的气味。

在巴黎的最后一个早晨，我跟她很早就醒来，却迟迟不肯起身，赤裸着身子紧握着彼此的手，沉浸在昨夜的余韵之中。我将她拉近后，靠在她诱人的胸前，紧闭着双眼，闻着她身上迷人的气味。

原来爱人的气味，是如此令人寂寞又意乱情迷。

我们完全忘记了早餐的时间，只想永远这样下去。

在巴黎的最后一个早晨，雨淅淅沥沥地落下。

# 每个月都要见一次的人

有一个人，我每个月都会跟她见一次面。不过，她并不是我的恋人。不对，初次与她相遇时，我或许是存有爱慕之心的。但是，见面的次数变成每个月一次，直到现在已持续一年时，我和她彼此间都已别无所求，就连对方的事情也不会特别想深入了解，就只是保持单纯的会面而已。

我们俩相识于三年前，大概每隔半年见一次面，止于偶尔见面聊天的交情。

“你觉得我们每个月固定聚会一次如何？”有一天她对我这么说，我不假思索地点头答应了。

她听闻后微笑着说：“那我们就大致约定在每个月月初吧，感觉一定有趣！”定下约定之后，等到临近月初时，我们就会用电话连络，讨论相聚的地点与时间。我们大部分时候都是选在人比较少的咖啡店，时间大概都是傍晚六点左右。

“假如不能来的话，也没关系喔。”

虽然每次都会向对方这么说，但我俩从来不迟到，也不曾缺席，而且多数情况下都是她先到。

第一次这样聚会时，我们只是互相询问对方的近况，似乎没聊到什么特别的事情会面就结束了，见面时间大约是一个半小时。然而，最近见面时更是没什么话好聊，只是单纯地聚在一起，就好像是兄妹的定期聚会。

虽然两人交情很好，但我们绝不踏入对方的私人领域，就是维持当下的状态，保持让双方都很舒适的距离。即使只是聚在一起发呆，没什么话好说，也不会感到寂寞无聊。我们就这样一起静静地共度相聚的时光，却有温暖的片刻，非常不可思议。

“你好，近来如何？”

“嗯，还不错。”

“是喔，那太好了。”

简单地寒暄后，两人便不再交谈，只是各自发呆和啜饮红茶。

“差不多该回去了。”

时间差不多时，我们当中就会有一方先这样提议。

“好。”

“再见喽。”

“嗯，路上小心。”然后，我们就分道扬镳了。

我在回家的路上，深深觉得能如此聚会真好，心底充满了感谢。没有什么特定的聊天主题，什么事也不用做的见面，总让我更加期待下次的相聚。

为什么我们会持续见面呢？

其实一开始我思考过这个问题，却发现很难找到答案。

最后，我说服了自己：“即使如此也没关系吧！很多想法及思考本来就是无法用言语表达的，就算找不到答案也无妨。”

想通之后，我也就放弃继续思考这个问题了。至于她怎么想的，我也不太清楚呢。

某一天，我前往预定碰面的咖啡店，和往常一样，她先到了。我跟她打了声招呼，她却只是点了点头，看起来心情不太好。我边喝咖啡边端详她的神情，只见她凝视着窗外的景色，发呆般看着夕阳笼罩的街景与过往行人。

“喂。”她的声音让正在思考工作的我突然回过神来。

“什么？”我回应道。

“我们今天去别的地方吧。”她望着窗外说道。

“好啊！”这么毫不犹豫的回答让我自己也很惊讶。不过这样的对话，对我们来说好像也是理所当然。当时我就一副完全能理解的样子，丝毫没反问“去哪里，然后呢”之类的，而是马上就回答了“好啊”。这就是我跟她之间的关系，这样的交情是我们两个人想要的。

我拿起外套站了起来，她也一样。步出咖啡店时，凛冽的冬风迎面而来，我们肩并着肩，一起往车站方向走去。

进到车站里，我问她：“海还是山？”

她轻声地回答：“山。”

“那我们就坐到终点是山的地方吧。”

“好。”

于是我们搭上往山麓方向的电车。摇摇晃晃了两小时，最后车上只剩下我们两个人，不知不觉间距离终点只有两站了。

她在电车里不发一语，而我也只是悠然地沉浸在这趟电车旅行中。

"嗯，好有趣哦。我们可以回家了吧？"

电车抵达终点后，她这么对我说。我看着她的脸庞，有种泫然欲泣的畅快感觉。

户外清冷的空气快把我们的脸冻僵了，两人不经意地眼神交会，在那瞬间怦然心动，我们之间似乎存在着很深的牵绊。如果是在电影里，这时候一定会出现互相拥抱后两人都有些难为情的画面。

我们坐上停靠在月台另一侧即将回程的电车。

"啊——好冷好冷，手借一下。"她才一说完，就把我的一只手拉到自己的外套中。

"果然还是别人的手比较温暖啊！"说完后，她静静地闭上了眼睛。

此时，电车悄然地发动，我们再度摇摇晃晃地回到繁华的都市。

初次连载于清流出版官方网站
“内心的风景（心のどこかの风景）”
二〇一〇年五月至二〇一二年四月

本书摄影　松浦弥太郎
原书装帧　わたなべひろこ
原书责编　秋篠贵子

## 图书在版编目（CIP）数据

轻声说再见 /（日）松浦弥太郎著；许明煌译．--
长沙：湖南文艺出版社，2018.6
ISBN 978-7-5404-8655-6

Ⅰ．①轻… Ⅱ．①松… ②许… Ⅲ．①散文集－日本
－现代 Ⅳ．① I313.65

中国版本图书馆 CIP 数据核字 (2018) 第 069014 号



著作权合同登记号：18-2017-189

轻声说再见
QINGSHENG SHUO ZAIJIAN

| | |
|---|---|
| 作　　者 | [日] 松浦弥太郎 |
| 译　　者 | 许明煌 |
| 出 版 人 | 曾赛丰 |
| 出 品 人 | 陈　垦 |
| 出 品 方 | 中南出版传媒集团股份有限公司<br>上海浦睿文化传播有限公司<br>上海市巨鹿路 417 号 705 室（200020） |
| 责任编辑 | 刘诗哲 |
| 装帧设计 | 凌　瑛 |
| 责任印制 | 王　磊 |
| 出版发行 | 湖南文艺出版社<br>（长沙市雨花区东二环一段 508 号 邮编：410014） |
| 印　　刷 | 恒美印务（广州）有限公司 |
| 开　　本 | 787mm × 1092mm 1/32 |
| 印　　张 | 4.5 |
| 字　　数 | 74 千字 |
| 版　　次 | 2018 年 6 月第 1 版 |
| 印　　次 | 2018 年 6 月第 1 版第 1 次印刷 |
| 书　　号 | ISBN 978-7-5404-8655-6 |
| 定　　价 | 49.00 元 |